TOM
PETIT TOM
TOUT PETIT
HOMME
TOM

我亲爱的玛德莲

（法）芭芭拉·康斯坦丁 著
贾翊君 译

人民文学出版社
PEOPLE'S LITERATURE PUBLISHING HOUSE

著作权合同登记号 图字 01-2016-8891
图书在版编目(CIP)数据

我亲爱的玛德莲/(法)芭芭拉·康斯坦丁著;贾翊君译.—北京:人民文学出版社,2017
ISBN 978-7-02-012659-0

Ⅰ.①我… Ⅱ.①芭… ②贾… Ⅲ.①长篇小说-法国-现代 Ⅳ.①I565.45

中国版本图书馆 CIP 数据核字(2017)第 071995 号

Tom, petit Tom, tout petit homme, Tom by Barbara Constantine
© Calmann-Lévy, 2010.

责任编辑　甘　慧　杜　晗
装帧设计　汪佳诗
插　　画　布　果

出版发行　人民文学出版社
社　　址　北京市朝内大街 166 号
邮政编码　100705
网　　址　http://www.rw-cn.com
印　　制　上海利丰雅高印刷有限公司
经　　销　全国新华书店等
字　　数　160 千字
开　　本　889×1194 毫米　1/32
印　　张　6.625
版　　次　2017 年 6 月北京第 1 版
印　　次　2017 年 6 月第 1 次印刷
书　　号　978-7-02-012659-0
定　　价　35.00 元

如有印装质量问题,请与本社图书销售中心调换。电话:010-65233595

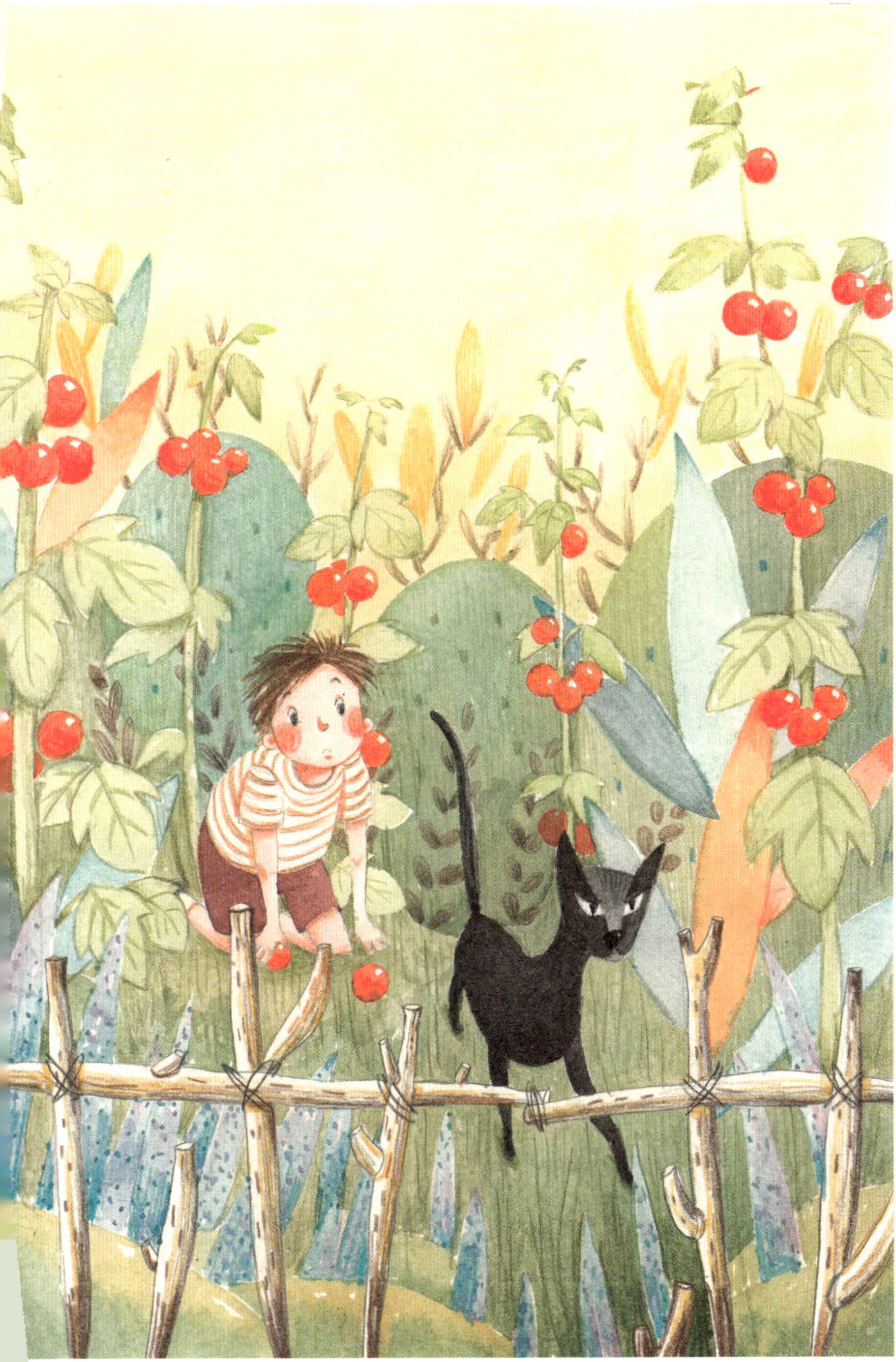

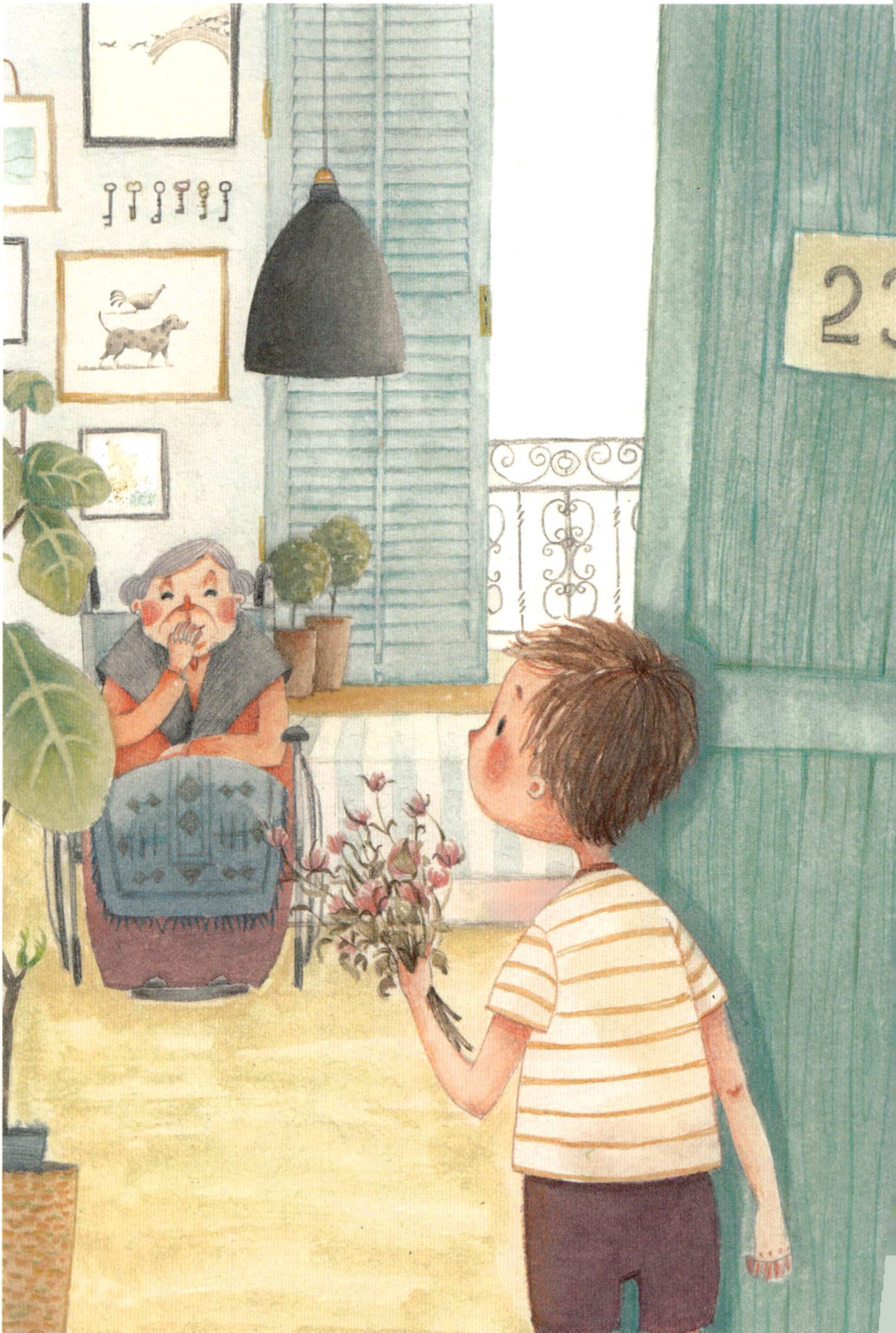
23

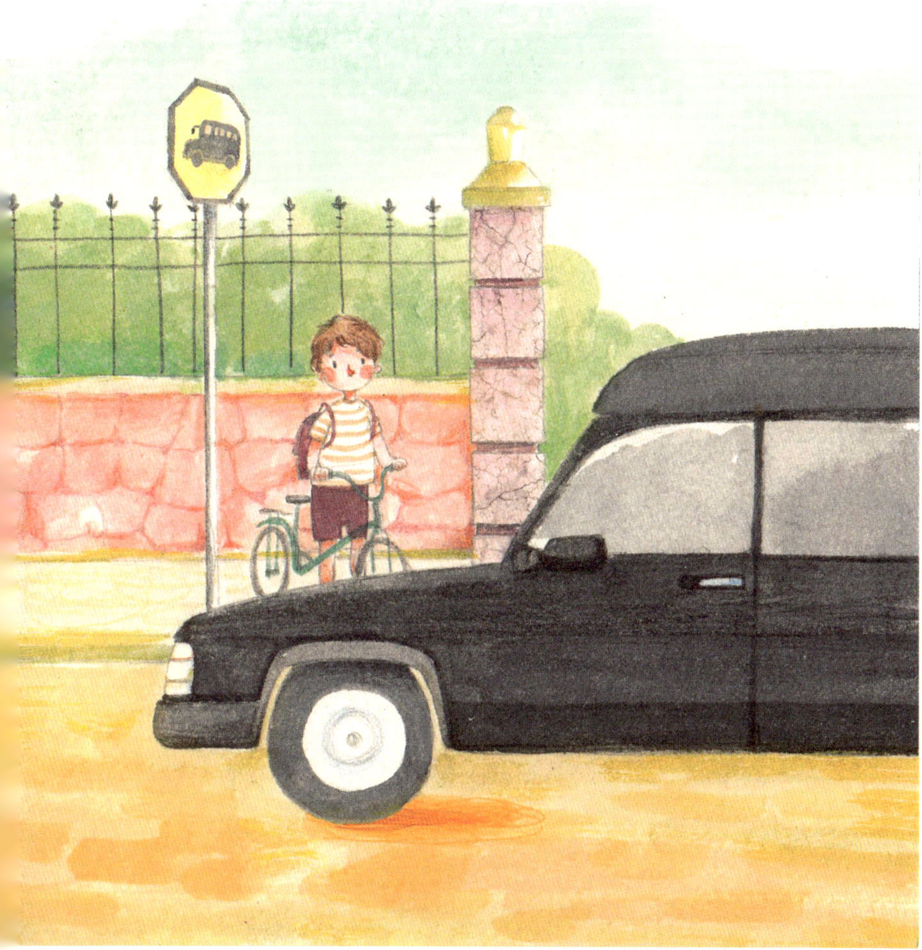

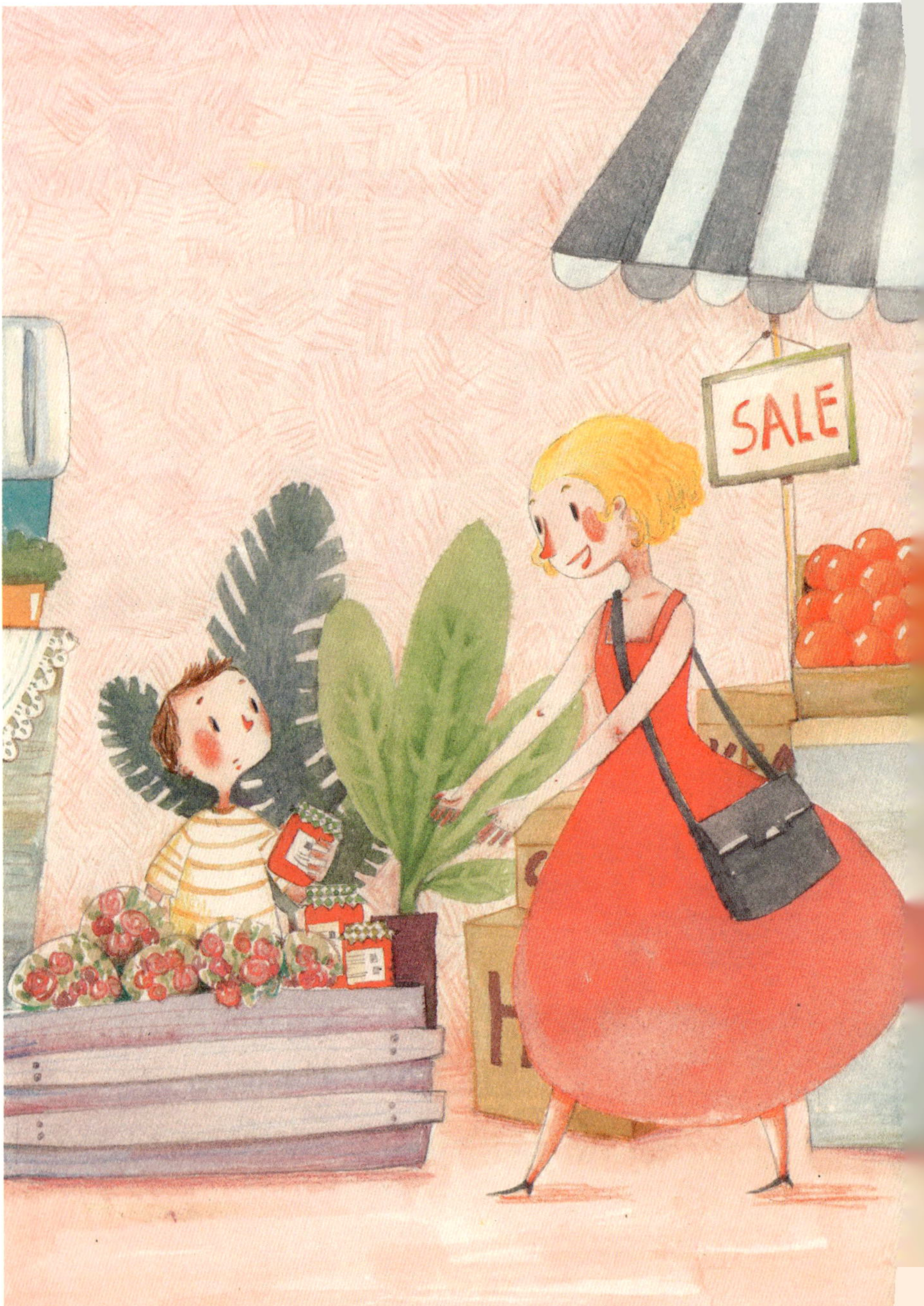
SALE

献给最晚到的拉斐尔。

然后,也要对所有女的和男的朋友献上我的感激,

包括特大号的唠叨鬼、快乐的忧郁分子、

不成熟的老女人、小混混、

(讲到这里,有好几个人有可能会认出自己)

没有匿名的酒鬼、非常深藏不露的密探。

目　　录

1 /	没鱼虾也好	8
2 /	邻居的院子	12
3 /	电视节目	14
4 /	您早就注意到了？	17
5 /	重逢	19
6 /	玛德莲	25
7 /	喝太多了	34
8 /	黑盒子	37
9 /	汤姆哇？	43
10 /	不是坏人	47
11 /	汤姆和老宠物	53
12 /	苗株	55
13 /	菜园	58
14 /	意大利	60
15 /	电影之夜	63

16 / 猫尿	66
17 / 汤姆，一个人	70
18 / 去医院探病	73
19 / 乔丝去海边	77
20 / 饲料	80
21 / 乔丝与乔丝蒂	85
22 / 覆盆子巧克力	88
23 / 傻汪的梦	91
24 / 乔丝在担心	94
25 / 玛德莲很烦闷	97
26 / 山米在听巴雄的歌	100
27 / 亚哈船长是爱吃醋的猫	104
28 / 你到哪里去了？	108
29 / 员工出入口	114
30 / 工作	119

31 /	是谁啊？	122
32 /	早起	126
33 /	荨麻	129
34 /	补胎贴片	132
35 /	意大利冰淇淋	137
36 /	那是巴赫的音乐	142
37 /	丹，我亲爱的孩子	146
38 /	不得了的午餐	149
39 /	柯梅尔西的玛德莲蛋糕	154
40 /	漂亮的罐子	160
41 /	苹果树下的破咪	162
42 /	乔丝的钱存够了	165
43 /	二十束花	168
44 /	启程	173
45 /	您醒醒	176

46 /	儿歌	179
47 /	海啸	182
48 /	确认	186
49 /	遭小偷	190
50 /	乔丝承受打击	192
51 /	玛德莲的一生	195
52 /	意大利之旅	198
53 /	如果这些症状持续下去	201
54 /	哎哟!	206
55 /	诗人,诗人	209

"我画了两朵带花。"

"可是……为什么是'带花'?"

"因为它们不太热!"*

---

* 取自于马欧乐小姐(我孙女)对于三岁半左右的小孩所进行的语言学研究。原意是小孩把 tropicale(热带)这个字拆成 trop(太多)与 picale(无特别意义),不过因为只画了两朵花,数量不太多,所以说成 picale 花。

1
没鱼虾也好①

　　她的心情依然很差，至少已经持续三天都是这个状态。他心想，她也许是大姨妈来了，这个词让他想笑，大姨妈……总之，她大姨妈来的时候，他知道自己最好把嘴巴闭上，二话不说听从她所有的话。而他现在的行为正是如此。按照她的要求，他完全动也不动，几乎连呼吸都停住了。只是现在，已经过了好一阵子，再加上他刚才没料到，在自己没有特别注意就躺下的地方，会有一颗尖锐的小石头，而这颗愚蠢的小石头开始戳进他的肋骨之间。他好想偷偷伸出他空着的那只手，把石头拿开。可是只要稍有动作，他另一只手上拉着的那根线就会震动起来。千万不可以动到，要不然很可能全都会弄翻。于是，为了缓解疼痛，他试着极为轻缓地移动他身体的重心，然后……

　　啪！一巴掌挥了过来，乔丝打人出手飞快。她低声抱怨：

---

① 原文是"因为没有斑鸠……（只好吃乌鸫）"，为法文谚语，意思是有啥吃啥，没有好的，只好退而求其次，意思近似"没鱼虾也好"。

"我叫你不要动!"

"可是有一颗小石头……"

"我才不管。你别再动了,就这样。"

他不再动了,而且也闭上嘴,只有眼睛飞快眨着,好让眼泪不要流出来。那颗尖锐的小石头陷入肋骨之间,让他觉得愈来愈痛。他试着去想别的事情。他的脸颊好像着了火,应该超红的,脸颊在刺痛。妈呀,乔丝下手可不轻啊。他感到喉头哽咽起来,于是他让自己专注在别的地方,就在那些打从他鼻子前方路过的蚂蚁身上,它们有好多只聚集在一起,搬运着一个超大的东西,至少要比它们的体积大上二十倍。搞不好是一粒兔子屎。

乔丝没看他。她有一点自责,心想自己大可不必那么做。可是啊,话说回来,他那样一直动个不停,真的很令人恼怒,她老早就跟他说过会弄很久,他就是从来都不听话……啊,有一只出现了!好险,她自己也开始觉得时间漫长难耐了。这一只长得可真俊俏,肥嘟嘟的。它靠过来,追踪着为它布下的那条用谷子铺成的线。她很用力捏了一下汤姆的手臂,指甲都嵌进去了,他紧绷了起来。他盯着那只乌鸫[①],它正小步、小步蹦跳着,朝他们前进,停住,又继续走。哎呀,它注意到了什么东西……不,还好,它又回头了。往前跳了三下,头歪向右,头歪向左,然后又跳了三下,它啄食着,然后乔丝大喊:

"就是现在!"

[①] 乌鸫,学名 Turdus merula,俗称黑鸟或反舌鸟,是瑞典的国鸟。

汤姆猛地扯了一下绳子,陷阱落下,把乌鸫关在里面。

乔丝跳了起来。

"第四只了!"

她亲吻汤姆滚烫的脸颊,一边说笑一边朝他的脖子呵痒。

"好了啦。不要摆臭脸了,我的小汤姆。"

他比较喜欢她心情好的时候,于是他露出微笑。她将那只乌鸫从陷阱中取出来,温柔抚摸它。她的双唇轻抚过乌鸫头上的羽毛,很纤细的头,然后,猛一下就扭断了乌鸫的脖子。

"我们就要吃大餐了。"

汤姆别过头去,不想看到这一幕。

"哎呀,它们根本就来不及感到痛苦,我告诉你!太快就过去了!你这样真是个小孬孬。"

没鱼虾也好……

他们给乌鸫拔毛,每人两只,然后清掉乌鸫的内脏。乔丝说有人吃禽鸟却不去掉内脏,用一根绳子绑住禽鸟的脚,把它们吊起来,就这样放上很长一段时间,放到它们略为发臭。等禽鸟全熟的时候,就会掉下来,然后他们才把禽鸟吞掉。不先把禽鸟煮过,也不加任何东西。看到汤姆脸上的表情,她大笑起来。不过他并不相信她说的话,吃腐烂的鸟,还连肚子里的肠子什么的一起吃,这种事不太可能是真的。

"可是就是真的,我向你保证。"

"最好是啦,对啦。"

他清完了第二只鸟的内脏,他想要呕吐,于是飞奔出去。乔丝取笑他:

"不要在太近的地方吐啊,那样连房子里都闻得到臭味!"

汤姆耸耸肩。她呀,还真有本事,把这间老旧、快要解体的拖车屋称作房子……

然后,她在里面大喊。

"没有马铃薯了,你去找些马铃薯回来好吗?"

他跨上脚踏车,踩了几下踏板,然后才回话。

"好,妈妈,我这就去找。"

乔丝站在门阶上,双手叉腰、眉头深锁,开骂起来,不过他已经骑远了。

"别再这样叫我,汤姆,要是被我抓到,你就知道厉害……"

2
邻居的院子

他不需要听她说什么,他已经知道她会说什么了。她讨厌他叫她妈妈,就这样而已,而且她每次都会抱怨:"不要那样叫我。"一副"要是被我抓到你就知道厉害"的表情。不过,惹她生气让他觉得很好玩。

他把脚踏车倒放在高高的草丛中,顺着那条路一直走到一片小树篱。他放慢脚步,伸长了耳朵。没问题,一只猫都没有。他潜入树篱的缺口,从从容容穿过去。乔丝前几天也曾经尝试过这么做,却没办法穿过去,她卡在那里,至少卡了十五分钟,他们快笑死了。卡住的地方是她的胸部,她说她胸围尺寸很好记,就是一百,D罩杯,真的没唬烂[①]!乔丝还说拥有这么大的胸部,根本就是残障。然而也并非总是如此,有时候也是有好处的,而

---
① 唬烂,闽南语,形容人说假话、大话的意思。

且她倒是不太介意利用那些好处。

在菜园中,他循着树篱的阴影前进。这一带他很熟悉,他远远勘察,然后做出决定。他跑到小径上,在一株植物前蹲下来,非常轻手轻脚扯了扯植物长在地面上的部分,挖掘植物根部,拣出四颗马铃薯,仔细地把植物再放回土里,好好压紧根部周遭的土,然后离开。他潜入树篱下方,想不到,就在快要钻出去的节骨眼上,他却整个人僵住了。屋主来了。好啦,话还是不能讲得太夸张,来的只是屋主的猫,不过他们两位长得真的很相似,惊人地相像,都有直挺挺的背脊,还有总是深锁的眉头。现在,那只猫坐在那里,恶狠狠瞪着他。汤姆垂下眼睛,这只猫把他吓到了,仿佛为了赔不是,他从口袋里掏出那四颗马铃薯,样子像是在说:我只拿了这些,没别的啊。那只猫站起来,缓缓朝着他前进。它是用三只脚在走路,有一只脚被截肢了,让它具有一种很奇特的姿态。它走过来,眼睛始终盯着汤姆,然后……蹦着钻入树篱下,消失了踪影。

汤姆叹了口气,真是惊险哪。

3
电视节目

晚餐后,汤姆回到邻居家,藏身在他们家的窗户下面。他很喜欢听他们说话,他们有点特别,就算只有彼此两人,也用"您"称呼对方,而且他们在跟对方说话的时候,永远都非常有礼貌,就连生气的时候也一样。除此之外,那位丈夫说话的口音还带着一种挺好笑的英国腔。

此时,他们正在讨论电视节目。

"欧黛特,您今晚想看什么?一部电影?"

汤姆闭上眼睛,然后很用力想……好哇,好主意……

"好哇,好主意。"

"您等等,我来看看节目表。在另一台有一部纪录片。我们来看看内容介绍:在城市的外围地区……"

汤姆叹了口气……喔,不要,我对那玩意儿没兴趣……

"喔,不要,我对那玩意儿一点兴趣也没有,阿奇鲍。还是看电影吧。当然啦,除非是您比较想看纪录片。"

汤姆笑了……您的渴望便是命令……

"您吩咐，我照办，这点您很清楚啊。"

汤姆乐了，心电感应还真给力。在离开之前，他又小试了最后一次……我给您倒杯鸡尾酒好吗，达令？

"我给您倒杯威士忌好吗？"

汤姆做了个鬼脸。

"……还是您比较想来杯鸡尾酒，达令？"

啊，到底还是对的嘛。

他赶紧回去把节目报告给乔丝知道。

她正拿着笔刷，在眼皮上描画着一条黑线。

"刣屎咧。我又画歪了！"

汤姆不喜欢看到她化妆，化妆就表示——

"我今晚想要出去，我的小汤姆。"

他拉长了脸。

"去喝一杯冰透透的啤酒，你要来吗？"

他并不想去，不过他还是说：

"好啊。"

乔丝骑着轻型机车①。骑着脚踏车的汤姆跟在后面，紧抓着她套头衫的一角。

她愈骑愈快。

---

① 这里所谓的轻型机车（简称 mob，全名为 mobylette），是法国在二十世纪五十年代问世的一款机动脚踏车。

他很难只用一只手来控制脚踏车的龙头,最后松手放开了她的套头衫。

"你疯啦!这样搞会出意外的,害我们摔得头破血流啦!"

她猛然加速,然后头也不回,用盖过引擎噪声的声音大喊:

"我先走了!好给你一个教训,谁叫你不先说一声就松手。"

汤姆用尽全力猛踩踏板,把他一个人孤零零丢下真够狠的。他的脚踏车没有车灯,而且现在天色几乎已经全黑了。

再说,咖啡馆又还远得很。

他到了,把脚踏车停放在轻型机车旁边,慢吞吞走到窗前。他很口渴,可是他不敢走进店里。他看见乔丝坐在吧台,跟一些男人在一起喝啤酒聊天,旁边还有她的好友劳拉,她们笑得很大声,人在外面都听得见她们的笑声。他走到一张长椅上坐了下来,望着星星,还有家家户户渐渐熄灭的灯火,这里的人都睡得早。咖啡馆的老板走出来,拉下了铁门。

然后汤姆睡着了。

"你在这里做什么啊你?"

他吓了一跳。乔丝摇晃着他,好像在摇晃一棵李子树。

"你为什么没有回家睡觉?你知道现在几点了吗?怎么可能会笨成这样啊。"

4
您早就注意到了？

在邻居家这边……

欧黛特弯身探出厨房的窗户。她看见阿奇鲍四脚着地、趴在马铃薯植株当中，为了避免压坏植物，他伸起一条腿悬在空中，样子好像一条正对着一棵树撒尿的狗。欧黛特觉得这场面很好玩，扑哧笑了出来，然后她喊着：

"阿奇，您是找到了一根骨头吗？"

他直起身来，嘴里咕哝抱怨着，那句话并没有让他发笑，甚至连微笑都没有。总之，他根本没听懂她所说的话，再加上他的身子骨也已经不太柔软了。此刻，他的背让他吃了很多苦头。

"有一只奇怪的动物造访过我们的院子，一种用两只脚走路的动物，还穿着三十五号的鞋子。真是不可思议，他爱上了我们的蔬菜和水果，您注意到了吗？"

欧黛特转过眼望向别处。

"不过就几颗马铃……"

她说着说着就没了下文，阿奇鲍倒是整个人轻松起来。

"啊，所以说，您也一样，早就注意到了？"

他请她到院子里来巡一圈，他们养的那只三脚猫跟在后面。两人在那株被汤姆拔起来又仔细种回去的马铃薯前停下来，他们笑了，觉得很有趣。当然，只有那只猫不觉得好笑。至于那株植物呢，则开始翻白眼了，它可不喜欢被人家那样耍弄。阿奇鲍帮那株植物浇水。

"谁知道呢，也许会再长出马铃薯来？"

"对啊，也许哦。我等一下看一看园艺书。"

他们走到种了几排胡萝卜的那头去巡了一圈。阿奇鲍指着一根被丢弃的胡萝卜给欧黛特看，胡萝卜躺在小径当中相当显眼，已经被啃掉了一半。

"昨天晚上就在那里了。是兔子的怪招，对不对？"

他们笑了。

"多幸运啊！我们可以开始密切研究本地的动物生态了，我们会学到一大堆关于野生动物的有趣生活与习性，阿奇，真是让人兴奋啊。"

然后阿奇跑去找来他的照相机，为这根被啃过的胡萝卜拍了张照，也为另一棵被重新种回去的马铃薯拍了张照，好放入他们那本相簿，相簿的标题是：我们第一年的乡村生活与其他冒险活动 by 阿奇鲍与欧黛特。

然后欧黛特查看了她的园艺书，不过没有找到任何关于把挖起来的马铃薯植株再重新种回去的记载。

看起来，此举似乎并非预谋。

5
重逢

他在距离门口几米远的地方,一动也不动等待着。

一切正常,就是个在等待的男子。

稍早之前,他曾经思索过要赋予自己一种形象。他先是试着摆出一副不痛不痒的样子,双手插在裤子口袋里,肩膀稍稍拢起,头垂向一边。好哇,还不赖嘛。

或是生气的样子,双臂交叉,抬起下巴,眯着双眼……不怎么样。很快他便问自己:话说回来,到底为什么要摆出生气的样子?然后,他确实也找不到任何正当的理由,于是便放弃了。

之后,他试过自命不凡的样子,可是自命不凡是什么样子啊?对于这点,他没有再继续研究,反正他并没有特别想要摆出那副样子。

如此一来,他决定杵在路边,不摆出任何特别的样子。就是他自己,站定不动又很自然的样子。

不太容易啊,穿着那身黑西装外套、黑领带、白衬衫……

他等待着。已经超过半个小时了。

他听到一辆轻型机车逐渐靠近的声音,然后仿佛是有一阵冷风顺着他的脊椎骨往下吹似的,他惊慌自问,到底是不是应该给自己决定出一副样子会比较好?此刻,他的样子一定像个……他还没来得及想出到底像什么,轻型机车便出现在坡道上方。这下好了,确实是她。第二阵冷风吹下了他的背脊。远远地,他看到她看见了这个在她家门口站定不动、等待着她的人,然后他觉得她心里应该会这么想:"这个等在我家门前收尸的家伙是怎么回事?"他觉得她想要掉头折返,他很怕她真的这么做。不,她并没有这么做,而现在……哦,妈的,这下好了,她认出他了。

她离开轻型机车,慢慢摘下安全帽,望着他,不过却没有走上前来。他呢,则是始终如一,静止不动。他原本并没有料到自己会慌张到这种程度,他感觉到她的小心提防,却没有办法确定她还有哪些情绪。她利用这片刻沉默,包裹起向她袭来的恐惧,推开那股巨浪,冻结起她的心。这一切都只不过是两秒半之间的事,可是感觉却好像经过了好几个小时。显然是这样。

"是你啊?"

"哎……对啊。"

"你是怎么办到的?"

"办到什么?"

"怎么找到我的?"

"嗯,其实是有点出于偶然啦……"

"对啦,对啦,最好是啦。还有先问一下:你为什么穿着一身黑衣跑来？"

"我刚下班……"

"穿得像个收尸的？"

"哎，是啦……那个有点……就是我目前在做的工作。"

"嗯，好吧。工作有趣吗？"

"还可以啦。"

他发现她在随便乱问问题，不过，就眼下而言他并不在乎。长久以来，他都在试着想象那些重逢的场面，而现在，宾果！他置身其中，经历着结结实实的重逢。现在不是挑剔的时候，也不是搞脆弱的时候，重要的是，他们俩面对面，望着彼此，而且他们还认得出彼此！这件事原本就希望渺茫。十二年过去了，期间完全没有彼此写信、通电话，没有照片，什么都没有。她当年才刚满十三岁，现在她二十五岁了，有改变是正常的。就第一眼看来，她稍微长高了一点，屁股长了肉，而且头发的颜色跟从前不太一样了，发型也变了，就说她现在是个十足的女人吧。只有一个地方没变，而且对此，他可以拿砍手来当作赌注，那就是她的胸部。在她十三岁的时候，这对胸部就已经是这个样子了，令人叹为观止啊，她那对美丽的奶子，美丽啊，美丽……这下好了，他目不转睛盯着那两颗……瞧，再也无法移开视线，老天爷……

而她呢，突然间，她感到怒不可抑。就已经产生的第一印象而言，她觉得他并没有改变多少，这个当下，她对这个印象感到更确定了。她也一样，好多年来，她也在猜想：他们重逢的那天会发生什么事，而她从来都没有办法想象成一件好事，多少都会觉得有点恐怖，因为啊，山米还真的不是她在人生中所遇到最好的事。不管怎么样，这下子尘埃落定，他就在她面前，然后……没有任何感觉。她自我探询了一下，不过答案非常清楚，这个场面让她觉得既不冷也不热，她松了一口气。于是，她冷静转身背对着他，把轻型机车的脚架放下来停好。

"好，所以呢？"

"所以什么啊？"

"嗯……你想怎么样？你来这里干吗？"

"我想要见你，就这样而已啊，乔丝。"

"好哇，这下子你见到我了。你满意了吗？那么现在，掰了。"

她转身背对着他，然后走开。

她的反应令他变得更加呆滞。他完全没有料到会出现这种版本的剧情。最近，他比较倾向于这样的版本：他们彼此对望，两人情绪激动，听见《当男人爱上女人》这首背景音乐缓缓响起，最后的结局是：拥吻，对奶子乱摸一阵，然后躺在床上或是某个可以躺平的地方。可是眼前的情况，跟他先前所想象过的任何一个版本，一点不沾边，而他有点难以接受。他望着她愈走愈远。

"乔丝！你等等，我们可以聊一下吗？"

她开始拔腿就跑，一进拖车屋就非常迅速把门关上。这下子，轮到他开始跑，他冲过去用肩膀把门撞开，扑向她，把她扑倒在地。她挣扎抵抗，企图抓花他的脸。他牢牢抓住她的头发，把她拉倒在地上。她想叫，却发不出一点声音，像只猫一样哈气。他打她巴掌，她害怕了。他开始撕扯她的衣服。

他身后的门打开了,不过他却没有听到,他什么都听不见了,他发疯了。

"先生,请放开她。"

汤姆的声音竟然如此微弱,连他自己都很惊讶,而且显然没有产生任何效果,那个男人继续进行着他已经开始的动作。

直到猎枪的枪管抵着他的脖子时,山米才终于静止不动。

"我放开她了……OK,我放开她了……"

山米非常缓慢地站起身来,举起双手,转过身,好跟那位拿猎枪抵着他的人说话。

"可是你拿这玩意儿是要做啥啊你?"

"请离开这里,先生。"

"好啊,小朋友,好。可是你先放下这把枪,OK?"

"要是您不离开,我就要对您开枪了。"

"汤姆!这把猎枪是怎么回事?你听我说,他要离开了,汤姆,让他离开吧。没事,你别担心……"

"可是他把你弄痛了。"

"没有,没有啦!你看,我几乎一点事也没有。你看见了吗?没事。他现在要走了,你看,他要走了。"

"对啊对啊,我要走了……"

"拜托您,请您走快一点。"

"OK,这就走了……"

山米倒退着走下台阶,两只手依然高举着。

"乔丝,这个孩子是什么人?"

"他是我弟弟。"

"我都不知道你有……"

"你不知道的事情可有一大堆呢,混蛋。"

他退得远远的。

"烂货。"

"永远不要再回来了,山米。你听见了吗?永远不要!"

他沿着马路走,一只手提着裤子。他裤裆的纽扣掉了,拉链也弄坏了,刚巧,这天他没有系皮带。他有点呆滞,并且没完没了咕哝着:我干了什么鸟事,我疯了……哦,妈的……这下好了,我疯了……可是他妈的,我到底干了什么鸟事……

他们爆出一阵神经质的狂笑,持续了很久,还没喘过气来的乔丝,询问汤姆那把猎枪是从哪里找来的。他告诉她,说他是在一座废弃的仓库里找到了那把猎枪。她皱起眉头。不过,汤姆却没有给她时间生气,还马上问她这个打了她又把她衣服扯破的男人是谁,她很快回答:谁也不是。然后,汤姆便跟她表明,这把猎枪并没有装上子弹,她告诉他还是要把猎枪放回原地,他回答OK。然后这件事到此就告一段落。

至少这次是如此。

这天夜里,乔丝发了烧,忧心忡忡的汤姆给她送上一点水,并且把一块湿布放在她的额头上。她微微发抖,而且牙齿打颤了好一会儿。然后,她终于在她这个小男孩的怀里睡着了,在她的小汤姆怀里。

6
玛德莲

乔丝开了一张购物清单。

> 两根韭葱（poireau）（韭葱的复数没加 x）
> 两根胡萝卜（carotes）（胡萝卜少拼了一个 t）
> 四颗蛋（œufs）（诡异啊，这里竟然完全正确）
> 一只母鸡（poule）（这个太简单了）

汤姆睁大眼睛。

"一只母鸡？"

乔丝笑了。

"没有啦，我是在开玩笑。不过话说回来，要是我们这里有两三只母鸡，倒是挺不错的。"

汤姆还算同意这一点，可是啊，他们住在这里有点算是"权宜之计"，那么，等到他们要搬走的那一天，该拿那些母鸡怎么办呢？住公寓，有鸡就不太妙了。鸡会到处拉屎，发出臭味，又会一天到晚咯咯叫个不停。乔丝有时候还真是会有一些奇怪的想法。

"今天晚上我要很晚才会回来，我的小汤姆。你就凑合着吃中午的剩菜吧。"

"OK。"

时间接近傍晚，他出门去"买菜"。

他在寻觅新的菜园，骑了整整十五分钟，这一带看起来并没有很多人居住，他很失望。稍远之处，有一栋非常老的房子，并没有亮着灯。他把脚踏车倒放在路边的沟里，继续步行前进。他蹲在一棵灌木后面，然后聆听，这里没有人类活动的声音。倘若这里有一座院子，那应该会在屋子的后面。他轻手轻脚走上前去，依然没有任何动静，他又再等待了一会儿，然后便毫不迟疑、直接向前走。忽然传来一阵呻吟声。他吓了一跳，跑去躲在一棵大树后面。又是一阵呻吟，然后还有哭声……

"……不……不……喔，不……"

汤姆想要离开。可是呻吟声又再度响起。

"……救命啊……"

声音很微弱，是个女人的声音，一位非常年老的女人，声音颤抖着。汤姆试着看清楚，然后他看见了：一堆衣服摆放在地上，就在包心菜田当中。不过呻吟声又再度响起，毫无疑问，呻吟声确实就是来自那堆衣服。

"……我好难受……喔……"

汤姆心想他不能这样把她放着不管，孤零零躺在她的菜园当中，那个可怜的老太太正在哭泣。然而从另一个角度来看，等到他帮助她站起身来，她一定会问他在这个时间跑来她家做什么，到时候，他可不知道该如何回答。而她呢，则很有可能恼怒起来，也许会想要报警，或是唤来邻居。这一点，乔丝曾经很清楚告诫过他，要是他让自己被抓到就完蛋了，到时候她没有任何办法可以把他弄回来，他的下场会是直接被送去社会局：这样一来，我的小汤姆，你可以相信我，你宁可死掉也不会想去那里！当她这样子说出那些话时，他知道她并不是在骗人。

社会局，懂了，无论如何都不要去那里。

他站起身来，准备要离开。不过那位老太太依然在呻吟，孤零零躺在地上，就在她自己的菜园当中。汤姆捂住耳朵不想再听下去，并且开始奔跑。

跑到二十米远之外，他停下来。他改变了主意。

他非常轻手轻脚走过去。

"婆婆？"

她继续呻吟。

"婆婆？您听得见我说话吗？"

她的样子看起来不像听见了他的话，汤姆心想她也许耳聋了，要不然可能是他说话太小声？

"婆婆？我可以帮您吗？"

她吓了一跳，睁大眼睛，然后抓住他的手臂，像个泼妇一样紧紧抓着他不放。他试着让自己脱身，她喘着大气，他则是非常害怕。她的眼睛瞪得大大的，样子看起来真的好像一个巫婆。

"请帮帮我，请帮帮我！喔，太好了，谢谢，亲爱的孩子。谢谢，我得救了！"

她稳稳抓着汤姆，他没办法让她松手。

"我的天啊……从昨晚开始，我就在这儿了，我以为我就要死了，最后总算等到你来了，小男孩……"

显然，他以为她说的是"小汤姆"[①]，他的头发一下子全都竖了起来。这个女人，她怎么会知道他的名字？一定是个巫……

"我口好渴，帮帮我。"

"我去弄点水来，可是您必须放开我，要不然我没办法去找水。"

她犹豫了。

"你会回来，对吧？"

"对啊，对啊……我会回来。"

"确定喔？"

"欸，对啦，确定。"

她放开他，他往后跳了一步，她用乞求的眼光望着他。

汤姆跑着离开。他告诉自己，他会为她带来她需要的水，不过之后呢，他就要走了。他走进屋内，一股浓烈的猫尿味扑鼻而来，他环顾四周，在火已熄灭的炉子旁，有一只老狗蜷成一团，

[①] 法文中称小男孩为 petit homme，和小汤姆（petit Tom）发音一样，因此汤姆以为老太太在叫他的名字。

28

正在睡觉。汤姆走上前去,看到在狗儿的四条腿之间,还有一只非常老的猫,毛都被蛀光了。这两个老家伙在彼此取暖。他走过它们身边,在桌上拿了一只玻璃杯,打开水龙头给杯子注满水,又走回来。它们依然没有动。汤姆弯下腰,他看清楚了它们还活着,因为它们还在呼吸,不过两只应该都聋了。

而且它们冷得发抖。

汤姆放了一些木柴到炉子里,并且重新点燃炉火。然后,他带着那杯水回到院子里,现在天色几乎已经全黑,有点难找到来时路。

"婆婆,您在哪里啊?"

"这里,孩子。这里。"

他协助她喝水。她现在比较冷静了,不再试图用钩子似的手指紧抓着他不放,眼睛也不再瞪得那么大了,于是汤姆也不再觉得害怕。

她望着他看了一会儿。

"你真是个好心的小男孩啊。"

他望向别处,有点不好意思。

"我跟您说,我觉得我没办法一个人独力把您背到屋子里,必须去找人来帮忙。"

"如果用手推车呢?"

汤姆叹了口气。

"好,可以。我来试试看。"

这位女士的个子很娇小,几乎没什么重量,不过他还是花了很大的工夫，因为她的味道非常难闻，他完全不想触碰到她，尤其是她的后面，她的裙子全湿透了。打从昨天晚上就没办法爬起来上厕所，她会拉在裤子里是很正常的，他心想。尽管如此，还是一样，还是很令人作呕。要是乔丝在这里，她就会知道该怎么做，在她的工作中，她会遇到帮人家梳洗的状况，她甚至还用嬉笑的语气跟他说过几次，关于她被派去那些老人家里的故事，是些有点糟糕的故事。不过乔丝啊，她经常很恶劣地取笑别人。

汤姆找到了一张防水布，用防水布把老太太包起来，成功地把她拉到手推车上，一路把她推到前庭。他在门廊的台阶上坐下来，好让呼吸恢复正常。

就着屋内的灯光，他发现这个老太太比他原本以为的还要老，她的样子看起来像是有一百岁了。光是想要轻轻碰她，她就很可能会马上在他面前死掉，年老而死，要不然，也许是饥饿而死……她还真瘦。他跑进屋内，找到一块放在桌上的隔夜面包头，拿回来递给她。老太太急切地把面包头送到嘴里，可是这块面包头十分硬，硬到她没有办法咬下去。

"得把这块面包浸在水里，好让它变软。这一堆的状况，让我不记得把牙齿放到哪里去了。"

她一边说，一边咯咯笑，汤姆大惊失色。

"我的假牙啦，应该是掉在后院了。"

"啊。您要我去……"

"这样也行得通啦，去吧。"

汤姆把面包糊带回来给她，她狼吞虎咽地吃了，嘴巴塞得满满的，她突然抬起头来。

"我的宠物呢？你看见它们了吗？"

"那只狗和那只猫？它们在炉子旁边睡觉。说到这个，婆婆，我来试试看把推车推进屋子里去，好吗？您在屋子里会比在这里暖和。"

他跑去找来一块板子，好搭成一座桥，老太太孤零零在那里喃喃自语。

"你以为他们会过来看我在哪里吗？不，一点儿也不会，它们大概连我不在了都没注意到，我打赌是这样。那些龌龊的畜牲，就算我死了也没啥，可是它们应该也饿了，那么老了，老到什么都不明白了，这样子是不是很惨啊……"

汤姆回来了，他放上板子，提起劲来，然后一鼓作气把推车连同老太太推进屋，一直推到厨房中央。

然后他又把老太太推到炉子旁。

"你先告诉我，你叫什么名字，孩子？"

"汤姆。"

"啊……那么，请你把推车转个方向好吗，小男孩？"

她抚摸着她的狗和猫，它们几乎没什么反应。

然后她又再度轻轻哭泣起来。

"您不舒服吗？"

"不是，可是我的腿啊，我的腿一点儿也动不了了。"

她用裙脚大声擤着鼻涕。

"还有……我的裙子，后面弄脏了，让我觉得很难为情。"

"您要我去通知什么人吗?"

"你想有谁会在这个时间过来?"

"我不知道。"

"你很清楚啊……"

他们沉默了一会儿。

"我也许可以去把我妈妈找来。她呀,就会知道该怎么办。她的工作有时候也要照顾病人。"

"她是做什么工作的?"

"家事帮佣。"

"那她叫什么名字?"

"乔丝。"

"乔丝?好怪啊,这个名字……不过等等,我想想,去年来这里做家事的那个人,会不会是她呢?"

"我不知道。"

"如果她就是我想到的那一位,那么我确定我们翻过脸。"

"啊。"

"她把我的碗盘都打破了。"

"对,那应该是她。"

"其他的工作都还行,不过洗碗啊,真不是她的强项。"

"我知道,在我们家都用塑料做的盘子和杯子。"

"不过除了那点之外,她是个好女孩。"

汤姆笑了。

"是的,婆婆。"

她把手放在她无牙的嘴前，好露出微笑，却不至于吓到他。"叫我玛德莲吧，我们之间就用不着客套啦。"

他把一个装满水的大锅子放在炉子上。等到水热了，他便把水倒进一个洗衣盆里，然后他在玛德莲坐在上面的推车周围挂起一条床单，从床单后面协助她脱掉衣服。这件事花了很长的时间，不去看自己的动作，却要找到纽扣在哪里，这件事还挺复杂的。等她准备好时，他要她抱住他的脖子，然后成功把她抱起来，放进装满热水的洗衣盆里。她轻喊了一声，出于惊惧也出于惬意。哎唷，好烫！喔，好舒服！然后她要他去把食品柜里的橙花水找出来，用来给她的洗澡水增添点香气。

现在，玛德莲正大声唱着歌，她的声音嘶哑又颤抖。

汤姆待在屋外，坐在门廊的台阶上。听到这个老太太唱歌，让他笑了出来。

什么破锣嗓子。

7
喝太多了

酒吧的老板降下铁卷门。他们来到了人行道上,全都醉醺醺的,不知道该到哪儿去为今夜画上句点。保罗比其他人醉得更厉害,决定邀请所有人到他家去,男生都兴致勃勃要去,可是女生却在犹豫。时间很晚了,地方又远,而且穿着高跟鞋的她们早就扭了好几次脚……

"如果还要再走上好几公里的路……"

男生很坚持。

"好啦,就来嘛。"

乔丝与劳拉跟跟跄跄地离开,她们头也不回大喊,要他们别跟上来,她们要去巷子里尿尿。一走到他们的视线之外,她们便脱下高跟鞋,然后尖叫着拔腿狂奔。

在劳拉家里,她们躺在地上。

"话说回来,那些可怜的家伙,他们应该很失望吧。"

"谁在乎啊,里面没有一个是好东西!"

"你说的对。他们都太丑了!"

她们捧腹大笑,不过她们也非常累了,两人试着喘过气来。

"话说回来,当我喝太多的时候,真的会有点失去理智,是吧。我可能会跟随便哪个人离开,而且什么事都做得出来。"

"真的是这样喔,劳拉。"

她们再度大笑。

"不过我说你啊,你可没资格说什么,你也一样啊。不过你看,待我考虑之后就会觉得,我一点也不想在那些时候,让自己被人家乱摸外加剩下的那一整套功夫。我什么都感觉不到啊,你也是这样吗?"

"对啊。大家都知道的,酒精会让人失去知觉。"

"啊,对呀,你说的对。"

乔丝闭上眼睛。

"说到底,也许就是这样啊,一种爱情千真万确的证明。倾情投入,在完全理智的状态下……"

"你在说什么啊?"

"没什么……"

"等一下,我没搞懂,你刚才说什么?"

"我也不记得了,我发誓……"

她们又再度傻乎乎笑了起来,不过因为她们再也笑不动了,于是只发出了几声打嗝声。

"我想到一件事,你见到了前几天在找你的那个家伙吗?"

"哪个家伙?"

"一个帅哥,穿着一套黑西装和一件白衬衫,超有品位。他来过美发沙龙,然后他问我是不是刚好认识你。"

"然后你就告诉他你认识我,甚至还告诉他我住在哪里……"

"哎,对啊。为什么这样说?"

"不为什么。"

乔丝这下子酒醒了,一跃而起。

"劳拉,下次遇到这种状况,请不要把我的住址随便告诉刚好经过的第一个家伙,即使他是帅哥也一样。"

"可是他说他认识你啊!"

"哎,还是一样啊……"

乔丝帮自己倒了一杯咖啡,往脸上拍了一点水,穿上鞋子。在离开之前,她扔了一条毯子,盖在躺在厨房瓷砖地板上睡着的劳拉身上。

"拜拜,劳拉。我很喜欢你,不过有时候,你实在太笨了。"

8
黑盒子

汤姆早早就起了床，他把周末要做的作业全部都做完了，好让自己无事一身轻。他知道等乔丝醒来的时候会发脾气，因为她想要跟他一起做她自己的作业。不过算了，他有太多的事情要做。他把自己的东西收拾好，吃过早餐，甚至还先把乔丝的咖啡也准备好了才离开，目的是为了哄她高兴。然后，他便跨上脚踏车开溜了。

他还是有一点罪恶感。

他很清楚，对乔丝来说，要她独自一个人写作业，是件超级困难的事，他知道她很难专心思考，她说是因为年纪的缘故。然而事情的真相是：她有太多东西要补救了，而且她会给自己泄气。很正常啊，跟他一起写作业，她会觉得比较容易。她说是因为他解说得好，不过最大的原因是：这样在她不懂的时候，她比较不会羞于提出问题，就算是笨问题也敢问。她知道他不会取笑她，无论如何，他也别无选择。如果他取笑她，她会马上甩他两个耳光。有时候她很恶劣，尤其是她对他发脾气的时候，因为他只是个十一岁的小屁孩，而且他还在教导她。

不管怎么看都一样……

最近这段时间，他们在努力学习拼字规则，这方面让她吃了不少苦头。她几乎每个字都会拼错，不过最困难的部分，是过去分词的性数配合，她讨厌过去分词的性数配合，讨厌到会让她想要尖叫的地步，还会说些很恶劣的话。这些话，她未必真的有那个意思，不过确实是有点……那样让他很伤心。尤其是当她说这一切都是他的错，还说她十三岁就辍学，都是因为他的缘故。说她也很想要念书啊，可是这件事阻挠了她的求学路。然后，等她看到他快要哭出来的时候，她才会缓和下来，坦承说那并不是唯一的理由，说她其实在那之前，就已经不太常去学校了，反正她原本就不太聪明。别哭啊，我的小汤姆，算了，你知道我的，我讲话就喜欢夸张点……更何况，就算怀了孕，她大可以继续学业的，当然可以，不过当时她的老师不懂得鼓励她，反而让她的日子难过，他们甚至没有试着去理解这件事为什么会发生在她身上，或者这件事是怎么发生在她身上的。

当她终于知道自己的肚子为什么变大的时候，她已经怀孕五个月了，她很清楚感觉到有个什么东西在肚子里生长，已经有好一阵子了。这个东西朝四面八方扭来扭去，就好像她的肚子里有一条鱼似的，这情况令她害怕，让她想到《异形》这部电影，那只在那个女生体内长大的怪物。最后她终于把这件事告诉了中途之家的一位护士，这位护士把她送去看医生，医生找出她得了什么毛病，她的毛病就是他，也就是汤姆，在三个月之后就这么冒了出来。稍微有一点点早产。

  这件事对她来说，是啪嗒一声从天上掉下来的！第一次就中奖，跟那个男的也没有第二次了。她并不爱他，反正他只是因为她胸部的尺寸才跟她搭讪的，她是那群女孩子当中，唯一一个有那么大胸部的，她很清楚这点对男生所造成的效果。他啊，他看得连眼珠子都要从脸上掉下来了，真好笑。后来，他请她去看电影，还买了爆米花给她，那是生平第一次有人买东西给她。电影很赞，爆米花也很赞。为了答谢他，她便让他做了所有他想要做的事，他做得笨手笨脚，结果害她三天没有办法走路，这个经验让她大倒胃口了好一阵子。如果那就是爱，还是不要也罢，她当时这么告诉自己。不过那个男的，他啊，却是着了迷，到哪里都跟着她，像条狗似的，哭个不停，还写诗给她，其中有一首诗，她当时还觉得挺美的……不过还是算了，那样并不够。过了一阵子之后，他总算明白了，他跑去看别的风景了，他扑向了她的朋友艾乐蒂。艾乐蒂啊，并不会因为他盯着她的胸部猛看而感到难为情，完全相反，她还因此感到很高兴。她所拥有的是一对小胸部。

  乔丝失去了一位朋友，不过她也得以摆脱了一个磨人精。

  现在，她二十五岁了。

  她想要通过高中会考。

  她几乎不太会写东西，不过她想要学，她什么都想学，而且她也想要充实自己。

她怀着这个计划已经很久了，想要让自己变得有意思的计划。她不想抱着太多、太多痴心妄想，她有一张漂亮的脸蛋，不过却没有任何独特之处。她所拥有的唯一特色，就是她的胸围尺寸，那是人们在她身上会注意到的第一个地方。这点让别人在跟她说话的时候，永远都是低垂着眼睛，盯着她的奶子。

而这点，已经让她受够了。

她下定决心要动减胸手术，把胸围尺寸从100D变成90B，好让大家在跟她说话的时候，终于能够直勾勾看着她的眼睛，而且这样一来，如果有人觉得她有意思，就会是为了其他的理由，而不是为了她的胸围。

她存钱已经存了好几年，存在一个小小的黑盒子里，她把盒子藏在拖车屋的底盘下面。汤姆知道藏钱的地方，不过无论是她还是他，都不会碰盒子里面的东西，从来都不会，那盒子是神圣的，就连他们手头拮据的时候也一样。而且那种情况还常常发生，她的工作并不是非常规律，原因是她被派去工作的那些家庭中常常有人抱怨。

这点为她的工作带来颇大的困扰，可是她讨厌做家事，尤其是洗碗。除此之外，其他的事都可以放心交给她做。她的手脚干净，而且工作认真，她很喜欢照顾病人，还有老人也一样，照顾人让她觉得自己是个有用的人。不过有几次，她会一面捧腹大笑，一面跟汤姆讲起一些很糟糕的故事，一些不应该讲出来、太私密的事情。

不过洗碗啊……还真的是个大问题。

在她小的时候，家人强迫她要洗碗，否则就没饭吃，也许是因为这个缘故，她才会讨厌洗碗。

一定是这个原因造成的，可怜的妈妈。

汤姆刚刚抵达邻居家的菜园旁，就是那对会用"您"来称呼彼此的邻居，他们就连生气的时候，跟对方讲话都还是很有礼貌。他把脚踏车倒放在灌木丛中，走到树篱旁，倾听着。没有猫。每周六的这个时间，他们总是不在家。他们应该是去买菜了，要不就是拜访朋友去了。

很好。这下子汤姆可以稍微探索一下。

他终于把袋子装满了，放在树篱的洞口附近。三根胡萝卜、三根韭葱、三颗洋葱，还有九颗马铃薯。他很担心，往常他不会拿这么多东西，他回头去抹掉他走过时留下的足迹，他非常仔细给那株拔起来又再种回去的马铃薯植株浇水，心想着：也许，它会重新长出马铃薯？谁知道呢。

在屋主回来之前，他又多待了一会儿。这是他第一次推开门走进储藏室，一路都很小心，避免留下足迹。他在一座巨大的置物架前停了下来，架上放满了工具、修缮材料、各种盒子，所有东西都经过分类、整理，贴上了标签。在一张桌子上有几个柳条箱子，里头装满了去年秋天收成的苹果。他把三个苹果放进口袋，然后又拿起第四个啃了起来。

他开始放松心情，觉得好像在自己家一样。

现在，他走进温室。里面好热，潮湿土壤的味道很好闻，到处都是花苗与菜苗，还附上了之后会长成什么样子的彩色照片。有好多种类的番茄：红番茄、橘番茄、黄番茄、绿番茄，甚至还有黑番茄；形状有梨形的、椒形的、心形的……他从来没看到过这种盛况。

该离开的时候到了。他拿起袋子，钻进树篱。就在他要钻出去的当下，他僵住了。那只猫在那里，跟上次一样，恶狠狠地瞪着他。汤姆跟上次一样震惊，垂下双眼，他不知道在哪里听人说过：绝对不可以盯着猫的眼睛看，猫会以为我们在挑衅它们，而且那样会激起它们的敌意。他把袋子留在背上，但是从口袋里掏出了那三个苹果。他稍稍耸了耸肩，仿佛是在道歉，而且样子像是在说：就三个而已，可以吗？于是，那只猫站起来，缓缓朝他走来，当然是只用三只脚在走，这样的步伐，让它看起来是如此凶神恶煞。它走过来，目光片刻也未曾离开过汤姆，然后一纵身钻进树篱底下，消失了踪影。

汤姆叹了口气。这次，他又经历了非常惊险的状况。

9
汤姆哇？

他把脚踏车靠在一棵树上，然后聆听着，屋子那边没有传来任何声响。他拿起袋子跑去敲门，没有人响应。他轻轻推开门。

"婆婆？"

还是没有回应。他走向那把扶手椅，他前一晚把玛德莲放在那张椅子上，她保持着相同的姿势，裹在毯子里，眼睛闭着。他不敢碰她，万一她摸起来冷冰冰的，那就表示她死了，光是想到这一点就令他感到害怕。

"婆婆？您听见我说话了吗？"

他发现自己说话非常小声，他心想也许是太小声了。

"婆婆！不好意思！"

她突然睁开眼睛，抓住了他的手臂，样子很疯狂，眼睛瞪得老大。

"是谁来了？发生什么事了？"

汤姆见她醒过来，松了一口气，不过她却开始大叫。

"你们来抓我了,是吧?那么,我警告你们,我不会离开这里的!"

"婆婆,是我啊,汤姆。"

"汤姆?不认识。"

"可是我们认识啊……您知道的,昨天晚上,我用推车把您送回来……"

"放开我,不然我要喊救命了!"

他挣脱了玛德莲那只紧紧抓住他手臂的手,然后退后了几步,心想她的样子看起来像是发疯了,可怜的老太太,应该是在夜里才变成这样的。昨晚,当他离开的时候,她的样子看起来还好好的,也许他当时还是应该叫人来帮忙的。他的眼光落在冷得发抖的那只狗和那只猫身上,他又往炉子里添了些柴火。当他转身面对玛德莲的时候,她又睡着了。他把马铃薯从袋子里倒出来,给马铃薯削皮,煮了起来。

"婆婆,您醒醒。"

他稍稍摇晃了一下她的臂膀,她缓缓睁开眼睛。

"啊,小男孩,你来啦。"

"对啊,就是我。"

她的样子看起来非常虚弱。

"我给您做了吃的。"

"我想我没办法吃东西。"

"可以的!我在院子里找到了您的假牙。"

"这样的话,我很愿意试试看。"

汤姆在她旁边坐了下来，用汤匙喂她吃东西，好像在喂婴儿那样。他最后不得不把蔬菜捣碎，做成蔬菜泥。尽管戴上了假牙，玛德莲还是有咀嚼的困难。他把剩下的食物给了那只猫跟那只狗，他想要抚摸它们，它们的样子看起来像是认出了他，那只猫甚至还稍微发出了呼噜呼噜的声响。然后汤姆让玛德莲坐进手推车，好把她载去厕所尿尿。

现在，他又把她安置在扶手椅中，就在炉子旁边。她试着不要哭出来，可是她的眼睛还是湿了。

"我的腿啊，我还是没办法动我的腿。"

"您要我叫医生来吗？"

"不，叫消防队员，他们已经来过一次了，他们知道路怎么走。"

汤姆打了电话。他们有好长一段时间都沉默不语，后来汤姆终于站起身来。

"我要走了。"

玛德莲在她的背心口袋里摸了半天，找出了几个铜板。

"拿去。我就只有这些了。"

汤姆被惹毛了，耸了耸肩说：

"我不需要这些钱。"

她同时哭泣又呻吟起来。

"我这两个小宝贝，它们孤零零的会饿死的。"

"好，可以，我会回来喂它们吃东西。"

玛德莲松了一口气，她不再哭泣，只是有一滴泪水依然挂在她的鼻尖上。

"你啊,真是一个好孩子。"

"那么,再见了,玛德莲女士。"

"再见了,孩子。"

就在他要关上门的时候……

"你说你叫什么名字啊?"

"哎……就是汤姆哇。"

"汤姆哇?啊,我从来没听过这样的名字。"

汤姆笑着走出门。在那扇门后面,他听见她在自言自语。

"老实说,也许这是外国名字,我很难记住这个名字……啊,可是,我想到一件事……等一下,小男孩!回来啊!"

汤姆又打开门。

"拿一副备用钥匙去,我瞧瞧。在那儿,碗橱的抽屉里。"

她清了清喉咙,看起来似乎还有些话要补充。

"还有,你也可以随意采收菜园里的东西。"

他很惊讶,也有点难为情,他自问会不会是……

"不然的话,可就浪费了。"

汤姆推着脚踏车,快快离开这间屋子。

玛德莲完全不哭了。她在想事情,她待会儿要告诉那些消防队员,说她现在很放心。她找到了一位很好心的曾孙辈男孩,她不在家的时候,他会来照顾她的宠物。只是,他有一个奇怪的名字,而且她已经想不起来了,也许是一个外国名字……开头第一个字是……啊,这下好了,她已经忘记了。

一个很好心的小朋友哇。

10
不是坏人

他把脚踏车倒放在路边的沟里,然后等待着,足足过了十五分钟,消防队员才到。他们把玛德莲送上车,然后用钥匙锁上了她家的大门。汤姆就是想要确定这一点,他现在多少要负起一点责任了。

当他回到家时,乔丝才刚睡醒,已经过中午了,她说她一点也不想写作业,他们明天再来对付作业好不好?天气太好了,好到不应该待在室内。好啦,来嘛,我们去玩水吧。

河水真的很冷,他们连脚都不太敢伸入水中,乔丝发着牢骚。

"我要闪人了,反正这不是个好主意,我讨厌冷冰冰的水。"

她不等他就走了。

汤姆并不想马上回去,于是他便去转悠一圈。他沿着河边走了一会儿,这一带他很熟,在一处河湾,他在一块平坦、长满青苔的大石头上坐了下来。这块石头是他的石头,他把下巴搁在膝盖上，望着河水流逝，望了很久。他想到乔丝，在她静下来的时候，说起话来甚至像是在窃窃私语，就跟现在正在流动的河水一样。河水轻抚着他的头，也稍微让他脑袋里的风暴平息下来。然后他又想到玛德莲，想到昨天以来发生的所有事情，想到她浸泡在水里时所享受到的惬意。添加了橙花香味的水，还有她嘶哑的歌声，他回想起这点时露出微笑。他凝视着河水，还有水面的倒影，太阳的光点在舞动，而树木的阴影则交错其中。凝视着流动的水，让自己被水带走，任由自己被催眠，而他聆听着，水在流，流过时晃动着那些碎石块，就在河床底部，那些颗粒小小的碎石，碰撞在一起时，发出叮叮当当的声响，叮叮当当，叮叮当当……

"小朋友？"

可是在这一刻，汤姆耳朵里听见的，只有碎石块叮叮当当的声响，于是那个声音又回来了，这次比较有力。

"小朋友，你还好吧？你在这里是有什么烦恼吗？"

汤姆抬起头来，看到那个正在对他说话的男人。那人弯身靠向他，很近，实在太近了。他一下子跳了起来，想要狂奔离去，可是那个男人捉住了他的胳膊，让他没办法跑开。

"我想要跟你说说话。"

"请您放开我！"

"可是你别害怕啊，我并不是坏人。"

"您伤害了我的……"

"正是。我是回来道歉的。"

"谁在乎您的道歉啊！"

"你一定要帮帮我啊，小朋友，我不知道该怎么……"

"请您放开我！"

"我想要跟你解释。"

"我不想听您解释，让我走！"

"不行，我一定要先跟你解释清楚。"

"您弄痛我了。"

"好吧，我会放开你，不过你要听我说，只要一分钟就好。拜托你了，我已经整整两天完全睡不着觉了，我需要跟人说说话，我不断想到那天发生的事，这件事一直在我脑袋里转啊转的，快把我逼疯了。"

他放开汤姆的手臂。汤姆向后跳，跑开了几米，好让自己待在不会被抓到的范围。山米甚至没有试图去追他。他在那块长满青苔的石头上坐了下来，就是那块汤姆的石头。

他的样子看起来闷闷不乐。

"我不知道那天晚上我是怎么了，我不知道自己为什么会干出那样的事，我不是一个坏家伙啊，你知道吗？要是你认识我，你就会知道。你看，比如说，我不会隐瞒你这一点：我坐过牢，不过那样并不等于说我就是坏人。更何况，有时候，这种事并没有任何意义，这种事就是会发生，甚至会发生在一些很好的人身上啊，去坐牢这种事。我就遇到过这样的人，他们什么都没做，然后在一夜之间，发现自己竟然跟我们被关在一起。司法误判啊，这种事情每天都在发生，只要读一下报纸就会知道。你看，就拿我来说吧，要是我当初有一点点好运，就会落得比较好的下场。我那时候是有才能的，在学校里的表现不算太差，而且甚至还一路念到了中等教育初级文凭①。但问题是那时候的我很年轻，很喜欢我那些朋友，他们却全都是些流氓，我又不喜欢落单，当然只能跟着他们到处跑，干什么事我都跟，就连坏事也一样。只有在付账的时候，我才会发现自己落得孤零零的一个人，像个笨蛋似的被甩掉。"

他停顿了一下，又回到他最初的想法上来。

"我想要试着跟你解释的事情啊……是这样的，乔丝啊，我只是想要再见她一面而已，只是要跟她说说话，找回一点我干下蠢事之前的人生。然后呢，就变成那样了。当我们很久没跟人上床的时候，我们会编故事给自己听，我们会对所有的事情胡思乱想。在牢里，你必须这样，否则会发疯的……所以啊，那天，我又有点落入那种情况。不过我从来没有想过要伤害她，伤害你姐姐，这点，我可以对你发誓，真的从来没有。"

他开始像个孩子般啜泣起来，汤姆感到很不自在，等待着眼前的情况赶快结束。

山米总算止住了哭泣，他稍微吸了吸鼻子，然后把下巴抵在膝盖上面。他开始望着流水，就和汤姆一样，汤姆则坐在距离他几米远的地方，在那块石头上的另一端。

他现在冷静下来了，然后又鼓起勇气开口说话。

---

① 中等教育初级文凭（Brevet d'études de premier cycle, BEPC）是法国针对初中学生所做的全国性学力测验，若通过测验即能得到共同知识文凭。

"其实，我觉得我根本是带赛。"

"什么是带赛？"

"唉，就是你做的任何事，你碰到的一切，全都会自动变成大便。"

"那么您觉得您带赛很久了吗？"

"我确实觉得我一直都带赛。不，我会这样说，是因为我不太记得以前的事，就是我小时候的事。我的记忆是从……我想，是从在我应该像你这么大的时候开始。你几岁啊？"

"十一岁。"

"啊。"

他计算着。

"那么，你出生的时间，应该没有比我被抓去关的时间晚太久……不过说到这个，你跟乔丝，你们的母亲到哪儿去了？"

"她死了。"

"啊，好吧。"

他们任由自己让水面的倒影迷惑了好一会儿，然后汤姆站起身来。

"等一下，你还有个五分钟吧？"

"有啊，干吗？"

"呃，好让我跟你讲一讲后来的事啊。"

"说真的，我还有不少事情要做。"

"这样啊，那就下次再聊啰？"

"好啊。"

"你是个善良的小孩。"

"唉，好吧……我要走了。"

"对，没错，再见。喂，小朋友！你不会以为我是个疯子吧？因为真的不是那样喔。我被关的时候，看过一些心理医生，他们全都告诉我：我的问题不是那回事。至于我的问题啊，我不需要任何人就可以找出问题是什么，就是带赛啊，我跟你说，我一定是哪天在不自觉的情况下对着某个图腾撒了尿，不可能是别的原因。没有啦，我是开玩笑的，不过一定是有个什么奇怪的点，某个那一类的东西。要不然的话，所有那些带赛的事情该怎么解释？"

"我真的该走了。"

"啊，对对对，对不起，那就下次见了喔？跟你说说话让我觉得好多了。你什么都别跟你姐姐说，好吗？我一定要找到补救的方法，我不知道该怎么做，不过像我这样不停思索这件事，最后总是会找到方法的。"

11
汤姆和老宠物

他把脚踏车靠在树上，聆听，屋子里没有传来任何声响。他拿出钥匙，朝着大门前进。他不知道为什么，不过这么做就是令他感到紧张，这是他生平第一次担负起这样的责任。他打开门，猫尿的味道又再次向他袭来，他让门保持大开。那两只宠物抬起头来，狗的双眼有点呆滞无神，八成是瞎了。汤姆去食物柜里拿饲料，听到声音，猫站了起来，万分艰难地伸展四肢，缓缓走动，在门槛上坐下来，好好享受着一道阳光。汤姆摇了摇装饲料的袋子，现在轮到那只狗爬起来了，它跨过篮子边缘，在上面绊了好几下，不过它非常想出去。基于一股迫切的需要。它撞到一把椅子，接着在经过那只猫的时候又撞上猫，然后再滚下前廊的台阶。汤姆帮助它站起来，那只狗甚至没有注意到他，小跑步直直朝着树奔去，抬起脚，然后朝脚踏车上撒尿。汤姆看着它做这档子事，看得目瞪口呆。

真恶心，现在他得把车洗一洗了。

在这两只老家伙出来溜达的时候,他跑去菜园看了一眼。地早就整理好了,不过却没有种下什么了不起的东西,只在一个种了花的角落里有几棵包心菜、几株草莓和十来棵色拉菜,全部都混种在一起。不像他邻居家的那个菜园,什么都照顾得好好的,排列得整整齐齐。他寻找着浇花壶和水龙头。等到他给那些生菜浇完了水,他走回来,在门廊的台阶上坐下来,等待那两只宠物回家。狗总算走了过来,嗅了嗅他的裤脚,然后开始低声吼叫,不过汤姆轻轻抚摸它的头,它马上就冷静下来,甚至还舔起他的手来,并且把自己全身的重量都倒放在他的脚上。

在离开之前,汤姆在两只碗里都倒入了饲料,还在里面加了些水,好让干饲料变软。

玛德莲的宠物就和她自己一样,也有点缺牙。

然后他用钥匙锁上门,一面对着宠物说:

"明天见了,小宝贝。"

12
苗株

她在出门前就事先告诉过他：他们这个星期还是得认真勒紧腰带过日子，因为她没有找到工作，所以在这期间，当乔丝去店里采买基本物资时，汤姆也要去邻居家里补货。在此之前，他都会去造访两三个其他的菜园，好稍微有点变化，不留下蛛丝马迹，以防万一嘛，谁知道呢。不过他发现这个菜园是最佳的，远远超越了别家，他们种植的东西很多，这样当他取用作物的时候，就不大看得出来，而且他们有非常早熟的品种。这个菜园是附近所有的菜园中，唯一能够在这个季节还找得到胡萝卜和马铃薯的，值得走上一遭。

不过，在所有理由中最重要的一点，当然就是：来这里，他不用冒着生命危险。这家人，他们真的跟人家不一样，他们家没有猎枪。

今天早上，他们不在家，于是他又再次利用这个机会去参观了温室。他望着番茄的照片看了很久，红色的、橘色的、绿色的、黄色的，还有黑色的。他犹豫着，这些番茄都十分美丽，终于，他做出决定，他要每一种拿两株。他小心翼翼用报纸把苗株卷起来，皱巴巴的报纸发出一阵声响，因此他没听见阿奇鲍走过来的声音。他推着手推车，上面装满了开着花的小灌木，他停下来的地方，差不多就在藏身温室中的汤姆面前。

阿奇鲍走向后院深处，查看他打算要种下这些花苗的地点。他走过去的时候叫唤着：

"船长！"

他想知道他的猫又跑去哪里躲起来了。

"亚哈船长！你到底跑到哪里去了？"最后一句是用英文喊的。

他路过温室的时候，看了菜园一眼。马铃薯当中有一株情况有点糟，不过在根部看得出有稍微浇过水的痕迹，他暗自微笑。在经过树篱旁边时，他看见汤姆的袋子放在地上，他朝着温室走回来，清了清喉咙：

"嗯，我该怎么样才能把这些小小浆果灌木苗栽种完呢？数量太多了，我要丢掉几棵，实在是太可惜啦。"

然后他就走了。

汤姆等待了一会儿。最后，他终于走出他的藏身之处，胳膊下夹着他包好的植株。他拿了一株红醋栗和一株黑醋栗苗，然后就朝着出口奔去。他抓起袋子，爬到树篱底下。到达另一头的时候，他硬生生停了下来。那只猫在那儿，就坐在几尺远之处，恶狠狠看着他，汤姆伸出拿着两棵醋栗树苗的那只手，然后咕哝着说：

"他说这些苗数量太多了……他说他要丢掉的……"

亚哈船长用它那三只脚缓缓走向他，眼睛一直盯着他，汤姆丝毫不敢再动。然后那只猫一跃之下，钻进树篱，消失了踪影。汤姆叹了口气，他又再一次经历了险境。

在屋子里头，欧黛特与阿奇鲍像孩子似的乐得直笑。

"他真是太可爱了！"

"而且他把他的小生意经营得很好嘛，非常中规中矩。不过啊，欧黛特，我还是觉得我们之后会缺马铃薯，所有那些被拔起来又被种回去的植株，都长得不太好。"

"不要紧啦，我们可以吃面条，或者是吃米。现在想想，我们刚来这里定居的时候，曾经那么害怕会觉得无聊。您还记得吗，阿奇？"

13
菜园

　　一个小时过去了,他还在找支架。十根支架,要用在那十株他今天早上从邻居家里拿来的番茄植株上。不太好找。支架必须够高,而且还要够直。他最后终于找到了,然后种下所有的番茄植株,也一起种下了那两棵小小的果树。真是一件大工程啊。

　　现在,他在休息,坐在玛德莲家门廊的台阶上,望着那两只老宠物出来溜达。他让门窗保持大开,好让房子透透气,猫尿的味道还是一直那么重。他心想,他得去问问乔丝该怎么做才能除掉猫尿味,她一定很清楚,她是在老人的家里工作,老人通常都养着猫。不过他要问得很巧妙,才不会让她起疑,猜想为什么他想知道这种事。他不想跟她提起玛德莲,要是她真的跟她为了打破碗盘的事情翻脸过,她也许会禁止他再来这里,然后这只猫还有这只狗就会饿死。这两只可怜的老东西。反正,现在有了他刚才种下的那些植株,他是一定要回来这里的。每天都要来浇水,还有……做其他那些事,等到他带着一大堆番茄回家的时候,乔丝也会很高兴的，然后就不用像往常那样，每个人只能分到两颗番茄了。这是当他们来到这里时，一起做下的决定，然后他们便开始什么都缺。只取所需，绝不多拿。乔丝说他们并不是真的小偷，说他们只是跟别人借，而且总是去东西太多的地方借。然而这点，对于汤姆来说却并不容易，他从来没有吃饱过。比如说现在，他就饿得像只狼似的。

"傻汪！破咪！"

他忘记问玛德莲她这两只宠物叫什么名字，于是暂时给它们取了名字，它们一副好像听出自己名字的样子，四平八稳地走回来，一点也不匆忙。尤其是破咪，它在树旁停下来，在树干上磨了一下爪子，从下往上望了汤姆一眼，样子看起来好像在说："老子我想回来就会回来，小子，你懂吗？"不过，汤姆并没有让自己被它们搞得不知所措，他去把饲料找来，使劲摇了摇包装袋。这招见效，它们稍微加快了脚步，不过啊，还是不算太快。

然后汤姆用钥匙锁上了门。

"明天见，当然啦，要是你们乖乖的话……"

14
意大利

汤姆第一个回到家。他洗了碗盘，因为已经没有干净的碗盘可以用来准备午餐了。然后他在等待马铃薯煮熟的时候，啃掉了一根胡萝卜。

他一边等乔丝回家，一边复习地理课笔记，好为下次的小考作准备。他画出了欧洲国家的轮廓：法国，然后是意大利……这个国家还真妙，形状就像一只靴子。还有意大利人也是，样子看起来很妙，在他所看过的电影中都是如此。他们讲话的时候全都挥舞着双手，都好爱自己的"骂嘛（mamas）"，而且还不停地跟女孩子搭讪，就连结了婚的人也一样！然后还有一点，他们每一餐都吃面，看起来是这样，也许甚至连早餐都吃面？总之，如果能去那里度假，他会高兴得不得了。就去一次，看看也好。乔丝常说做梦不用花钱，所以他就做梦吧，梦想他登上一列火车，然后等他一觉醒来，忽地！他就抵达了，来到了威尼斯。他们坐上贡多拉小船出发，沿着运河走，在小船通过桥下的时候要低头，听啊，曼陀林的乐声，然后看到几位女士穿着华丽的衣裙，带着饰有羽毛的面具。一下子，他便来到一座广场中央，那是辽阔的圣马可广场，他认得出来，因为地理课本上有这个广场的照片，到处都有好多好多鸽子。一个女孩望着他，对他微笑，讲着意大利话，他完全听得懂。她与他年纪相仿，叫多娜黛拉，听起来好像巧克力的名字。他告诉她，说自己饿了，真巧，她也饿了，于是他们手牵着手走进一家餐厅，点了两个比萨……不，两份波隆纳肉酱面，per favore（麻烦你），Molto bene（很好），Grazie mille（非常感谢）。等他们吃完面，又点了三种……不，是四种不同口味的冰淇淋，很大的四球，他不知道该从哪一边开始进攻……他闭上眼睛，决定先从 caramello——焦糖口味的开始……

"有烧焦的味道，汤姆！你在干什么啊？"

他吓了一跳，赶紧把锅子从火上拿开，马铃薯烧焦了，而且没有别的东西可以吃了。

乔丝很生气，不过她忍住了，她做了决定，要自我控制，这是她想要进行的重大改变其中一部分，不再让自己被冲动牵着鼻子走，正是目标之一。做起来很困难，尤其是在汤姆做了蠢事的时候，就好像现在，还有，跟男孩子在一起的时候也一样。正好，刚才她去买菜的时候，就遇到了一位，他的样子很讨人喜欢，长得又可爱。她答应今晚要跟他见面，他想带她去吃晚餐，然后吃完饭再去看电影。不过她已经决定自己不会跟他回家，至少今晚不会。这一个，她想让他等久一点。

此刻，她把一个纸箱放在餐桌上，里面有个什么东西发出声响。汤姆听了听，很是惊讶。

"你就看看里面啊，可怜的小坏蛋！"

他打开纸箱，是一只母鸡。

"我在市场买下了它，是一只会生蛋的母鸡。我们来让它生小孩，这样我们就可以每天都吃到蛋和鸡肉了。"

"可是我们没有公鸡啊。"

"干，这倒是，我没想到这一点。没关系，在弄到公鸡之前，我们就先吃它下的蛋吧。"

"那我们要把它养在哪里？"

"拖车屋四周多的是空间。"

"可是它会逃跑的，篱笆到处都是洞。"

"哎，我们就把洞补起来啊，又不是很复杂……"

他们这天接下来的时间都在做这件事，然而结果依然不是很完美。

不过他们还是把母鸡放了出来。

乔丝匆匆忙忙准备出门，她跟那位尚克劳的约会，已经迟到太久了，所以有点快要发火了。

汤姆在屋外等待，好避免被火花扫到。他觉得很累，不过一等到她离去，他便想说晚点可以去邻居家走一趟，为了可以看一下电视，而且要是有放电影，那就实在是太好了……

15
电影之夜

天黑的时候，他钻进了树篱。他直接走进储藏室，找了个垫子铺在长椅上，还顺便帮自己拿了颗苹果。在后院里，他把椅子一路拉到他觉得视线最好，不过当然还是隐藏得很好的角度，最后他总算把自己安顿妥当。气温非常宜人，他心想他们一定会把窗户开得大大的，最糟的状况，就是他们把窗户关到只留一条透气的缝。总之，他希望会是如此。他们在厨房里吃晚餐，汤姆有充足的时间可以把苹果吃到只剩下苹果核。

终于，他们走到客厅，手里拿着一杯葡萄酒，而且正聊得热切。

"我今天早上的约，真不可思议。他把手放在我的背上，不过就一两分钟而已，然后……呼！没有了，所有的疼痛都消失了。那个雷蒙啊，真是一位巫师。"

"哎呀！我早就告诉过您了。"

"可是如果之前没有经历过这种事，会很难相信啊，如此而已。"

"那么您见到米妮了吗?"

"是的,她给您送上亲吻,我说我们近期内要一起吃顿午餐。"

"对,这件事要计划一下,他们两个都那么迷人。"

他们平心静气坐在沙发上喝酒,汤姆开始觉得时间过得很慢。于是,他尝试使用念力,他全神贯注,非常用力想着:电影,电影,电影,电影……

"我们今晚要看哪一部电影啊,阿奇?"

"给你一个惊喜!"

阿奇鲍打开了大屏幕电视,同时欧黛特关掉了客厅的灯。汤姆安心叹了口气,总算要开始放电影了。

他们看了《猎人之夜》①,汤姆很喜欢这部片子,尽管看到某些片段时,老实说,他真的很害怕。特别是当那个穿着一身黑衣、手指头上写着 LOVE 与 HATE 的刺青——hate 是英文,意思就是"恨"——的假牧师坏人骑着马穿过田野,寻找那两个孩子的时候,然后那两个孩子则是逃到一艘小船上想逃离他。坏人已经杀了他们的妈妈。而他们现在全然孤立无援。然后此时,他们听到那个男人跟着他们,而且缓缓地唱着歌呼唤他们:英文

---

① 《猎人之夜》(*The Night of the Hunter*)是美国电影史上相当重要的作品,导演是英国演员查尔斯·劳顿(Charles Laughton),于一九五五年上映,可惜票房不佳,但逐渐累积了口碑与好评。

是 chil……dren……chil……dren……，意思就是：孩……子……孩……子……哦，要命啊。

这让他浑身起了鸡皮疙瘩。

他离开了，回家睡觉去，心里头并不是很踏实。走进屋里的时候，他发出了一声尖叫，他把它给忘了。那只母鸡找到了进拖车屋的方法，并且在屋里安顿下来过夜。他不忍心把它赶到屋外去。

然后他就睡着了，一只漂亮的红褐色小母鸡窝在他身旁。

16
猫尿

他天天去玛德莲家，到现在已经有四天了，而她还是没有回来。他开始觉得度日如年，他很担心，再过几天，宠物的饲料就要吃完了，她会不会及时出现，好再购入一些饲料呢？要是她不回来怎么办？还有，要是她死掉了怎么办？他心想，也许自己应该试着去医院打听她的消息，要低调一点。只是，情况是这样的，要是有人看见他走进去，一定会问他为什么来这里。他也许可以回话说他是来看一位邻居，或者说来看他的祖母，或者说是曾祖母，以她的年纪看来，那样比较合逻辑。不过，玛德莲实际上到底有多大岁数？一百岁？有可能喔。她的个子好小，整个人干瘪瘪的，有点像一具木乃伊，就只有皮包骨。会造成问题的是，如果人家问他她几岁，然后他不知道该怎么回答，那样就会显得很奇怪。他说他不知道会比较好，就说他来看的只是朋友的曾祖母。不，这说法弱爆了。那么……如果他说，是他妈妈要他来，带给她一块饼或是一小罐奶油！这样还是很怪。好吧，说正经的,他必须再三思索这个问题。

在还没想出结论之前,今天是星期三,他决定要来打扫房子。他开始行动,首先是把傻汪与破咪请到屋外。看起来,这么做并没有太打扰到它们,它们直接在太阳底下摊开四肢躺平了,然后又继续睡午觉,在哪里被打断就从哪里接下去睡。汤姆把他可以搬出来的东西都搬出来了,只剩下餐桌和床,这两件家具大到没办法通过门,于是他便把这两件推到墙边靠着。然后,他奋力清洗地板,希望能除去猫尿的气味。前几天他问过乔丝,问她知不知道要用什么东西来去除猫尿味,她告诉他要用白醋。

"你为什么会问这个?"

"只是有一位女同学想要知道。"

"你交了女朋友啊?"

"没有啦……"

"她漂不漂亮?"

"够了……"

"好吧,告诉我,她叫什么名字?"

"妈妈,我跟你说够了喔。"

"当心了,汤姆,我不喜欢你这样叫我。你给我小心点……"

她举起手来。他在千钧一发之际及时逃开了。然后事情便就此打住。

他深深吸气,呼气,看起来白醋好像发挥了功效。他很高兴,他想等到地板全干透之后,再把所有东西搬回去。他来到菜园,那些番茄植株都结了果,在正常情况下,再过个两周或是三周，就可以开始采收了。

他朝房子走回去，沿路采了几朵花。走到前庭的时候，他吓了一跳。有一个男人在那里，千辛万苦地从一辆车子里爬出来，汤姆没听见车子过来的声响，他僵住了。

"我来看玛德莲。她在吗，小朋友？"

"唉……不在。"

"那么她什么时候才会在？"

"唉……晚一点。"

"我不等她了，你帮我把这个交给她吧。是一只野兔，不用处理就可以直接下锅，你就跟她说莫莫来过。好吧，拜拜，小子。"

汤姆看着那个男人离开，他松了一口气，而且他非常惊讶事情竟然如此顺利就过关了。那位先生甚至没有问他在这里做什么，也没有问他叫什么名字。他打开那个人留下的塑料袋，他说的确实是真的，是一只可以直接下锅的兔子。不过还是有头，也有眼睛，而且袋子底下有好多血。汤姆觉得好恶心。

他把所有东西归回原位，给傻汪与破咪准备好了饲料。它们不用人请，就自己回来了。

他把那些花扎成一束，插入他放在餐桌上的一只花瓶中。他退后几步，看看效果，真美，再加上整间房子都很干净，已经闻不到猫尿味了，玛德莲到时候会很惊讶，而且一定会很高兴。汤姆下定决心，如果她明天还是没有回来，他就要试着去医院一趟，或许是哪天傍晚放学之后吧，好告诉她这两只宠物的近况。

他犹豫了很久,最后还是决定把那只野兔一起带走。他心想这只可怜的兔子死都死了,如果浪费了岂不是很蠢。这下子,他就得想出一个恰当的说辞,来跟乔丝解释兔子是打哪儿来的。

他有整段路的时间可以想出借口。

17
汤姆，一个人

关于那只野兔，他什么话也没机会说，因为他到家的时候，乔丝并不在家。她稍早的时候已经回来拿了一些东西，并且在餐桌上留下一张字条，犯下七个拼字错误，让汤姆非常生气。他在字条边上写下他觉得这张字条应得的分数：三十分，然后在分数旁，他用粗体字加上大写标下：弱爆了。

亲爱的汤姆，

我跟朋友去海边，就只去四天，你别担心，我们星期天晚上回来。如果你有困难，可以从你知道的那个地方拿点钱，不过当然只有在很严重的情况下才行。

要乖。亲亲（Bisoux），乔丝。

名词复数的字尾要加上 s，可是他明明教过她有七个以 "ou" 结尾的字是例外，复数型态时字尾要加上 x 而不是 s！分别是珠宝（bijoux）、碎石块（cailloux）、包心菜（choux）、膝盖（genoux）、猫头鹰（hiboux）、玩具（joujoux）、虱子（poux）。可是亲吻（bisous）并不在其中！为了方便好记，他甚至还要她反复念一个他从课堂上学来的白痴句子："来啊，我的包心菜，我的玩具，我的珠宝，到我膝上来，拿碎石块去丢那些长满虱子的老猫头鹰。"（Viens mon chou, mon joujou, mon bijou, sur mes genoux, jeter des cailloux à ces vieux hiboux pleins de poux.）

他跑了出去，他需要到处乱踢几脚、敲打拖车屋的支架、敲打那扇摇摇晃晃的门、敲打那根死掉的树干，发泄一番，才不会哭出来。不管怎么样，这么做又有什么用，她又听不到，她已经走远了，而且，她才不在乎他不喜欢一个人孤零零过那么久，否则她就不会走了，这不是显而易见的事实吗？而且晚上待在这个破烂的拖车屋他会害怕，这点总是让她觉得很好笑。她有时候会说他是个小坏蛋，就为了激怒他。以前，住在公寓里的时候，他比较不会害怕。不过那时候有一道真正的门，整个都是用木头做成的门。不像这一扇门，这扇门就算锁上插销也几乎等于没用，用肩膀稍微撞一下，就喀啦应声而开！任谁都可以进来。不过算了，除了门之外，公寓也不是只有优点。这里，确实是有一大堆好处：邻居的菜园、河流、附近可以玩耍的空间，而且还可以骑着脚踏车到处跑，选择自己想走的路走，这点很棒。不过，一间真正的屋子，有真正的浴室与真正的厕所，然后每个人都有自己的房间，那样，毫无疑问，简直棒透了！

终于，他的胃提醒他，他已经很久没吃东西了。于是他找出了食谱，翻开到"兔子"的部分：奶油兔肉，可惜，他没有奶油；橄榄兔肉，可是他没有橄榄；芥末兔肉，啊，这个他有，不过这个食谱还是需要奶油，而且兔子还要切成块状！啊！不！他阖上食谱，拿出大炖锅。他把仅有的两颗洋葱和两根胡萝卜用油煎过，闻一闻所有乔丝放在那里晾干的香草，选择了迷迭香。他从一数到十，就把兔子扔进锅内，然后赶紧盖上锅盖，以免看见兔子的头。然后他在屋外坐下来，就坐在拖车屋的台阶上，等待着兔肉煮熟。那只母鸡悄悄朝他走过来，在旁边望着他，他给了母鸡削下的胡萝卜皮和几粒米。母鸡很喜欢，吃得一干二净。

汤姆一个人吃掉了半只野兔，他已经很久没有吃得这么饱了。他洗了碗盘，又把家里收拾干净。做完这些事之后，他步行离开。他走了好久才抵达那座废弃的仓库，然后他又拿起了那支乔丝之前要他放回去的老旧猎枪。入夜的时候，他把母鸡赶进了屋内，把餐桌推过去抵着门，然后才躺下睡觉。那支没有子弹的老旧猎枪就放在床下，而且小夜灯也一直开着。

18
去医院探病

这天坐镇柜台的,又是一位跟上次完全不同的接待员。对汤姆来说,反而比较好,因为她很喜欢小孩。唷,看看这个小朋友啊,拿着一束完全枯萎的野花,在那里,就在大厅的正中央,孤零零的,样子又有点不知所措。他真是太可爱啦!

"所以说,你的曾祖母,她叫什么名字啊,小朋友?"

"玛德莲。"

"玛德莲什么?"

"是这样的,其实她并不是我的曾祖母,她是一位朋友的曾祖母,所以……"

"好。可是她姓什么?"

"唉……我不晓得。"

"可是,你到底是为什么想要见这位老太太呢?"

"为了送花给她。"

"很好。那么,基本上你认识她?"

"对啊,不过不太熟。她在这里住院的这段时间,我每天去她家帮她喂狗喂猫,就这样。"

"啊。我说,对一位像你这么大的小男孩来说,那是很大的责任啊。"

"对啊,可是她拜托过我。"

"好。我们照顺序来,你至少知道她是哪一天住进来的吧?"

"消防队员是星期六来把她接走的。"

"那我们来查查看。"

她最后找出了被消防队员送来的患者名单。在那个星期六,只有三位女士入院,不过却没有一位叫做玛德莲,也没有一位有一百岁,如汤姆原本以为的那样。这个结果令他心慌意乱,于是那位接待员跟他解释说,有可能是消防队员把她送去了另一家医院,不过如果真的是如此,她会觉得非常惊讶。而就在此时,汤姆低下了头,开始啜泣。那位年轻女士感动非凡,尽其所能帮助他。她打电话给所有值勤的人,一个接着一个,最后终于碰上一位在老人病房工作的护士小姐,回答她说:确实有一位女病人要人家叫她玛德莲,不过却是以另一个名字登记住院的。当然啦,那个名字是她身份证明文件上的名字。她已经进来六天了,而且病人的年纪是九十三岁,住在二十三号病房。

汤姆敲了门。

看到他走进来,玛德莲弯起身探向前方,眯起眼睛,然后做了一个鬼脸。她这个姿势保持了好一阵子。当她终于认出他时,她的脸亮了起来，并且展开一个微笑，不过很快地，她就用手把嘴遮住，因为她想起来自己没戴假牙。

"哎呀呀，你在这里做啥啊你？"

他把那束枯萎的花放在床上，但是却不敢走上前去。

"我给您带来了您院子里的花。"

"那我的宠物呢，它们还好吧？"

"是的，它们很好。"

她的样子像是在等待他接下来要说的话。他稍稍抓了抓头，然后就说了：

"您知道的，婆婆，玛德莲婆婆，我上次忘了问您，它们叫什么名字，就是您的那两只宠物，于是我就暂时给它们取了名字，您不会介意吧？我叫它们傻汪跟破咪。它们每天都出来散步、尿尿什么的。而且它们也吃得很好。所以，讲到这个，刚好我来看您是因为我想知道您要到什么时候才会回来，饲料很快就要没了，我不知道要怎样才能……"

"问题是我不知道他们什么时候才要放我走啊！我每天都在问，没有一个人愿意告诉我！"

"那您的腿，好些了吗？"

"啊，这个啊，他们每天都要我走路，整条走廊，来回各一趟。你说说这是不是很有趣。要是由我来做决定，我会说我已经痊愈了，更何况我在这里闷得很，你要知道啊，小子……"

护士小姐来了，而且告诉他们探病的时间结束了。汤姆走到玛德莲身旁，犹豫了一下，然后弯身亲吻她。

"那么，下回见啰。"

"对，没错，下回见。"

玛德莲的眼睛啊，当然啦，有一点湿湿的。

汤姆很快离去。为了来这一趟，他不得不翘掉两个小时的体育课。这是他第一次逃学，他很希望老师不会为此太过责备他。总之，为了不要错过回程的巴士，他必须跑得很快，而且还要跑上很久，相当于跑操场七圈，他晓得操场的内圈等于四百米，而学校通勤巴士站和医院之间的距离差不多是三公里。

这段路大大补偿了体育课啊。

19
乔丝去海边

她在水面上仰漂。那是唯一一件她有办法做到、却不至于让她灭顶的事。每次小浪打来，水都会稍微流进她的眼睛、嘴巴和鼻孔，不过她现在不会呼吸不过来了，她养成了同时关闭自己所有孔窍的习惯。她感觉很好，没有任何人来烦扰她。尚克劳和劳拉还有其他人一起离开了，去打一场沙滩排球。走了最好，她一点也不想过去参与，反正她一点也不喜欢那些游戏，跑步、跳跃，从来就不是她擅长的项目。所以啊，不做运动。她唯一从事过的运动，老实说，就是床上运动，这是她用来自我解嘲的说法。只是，此时此刻，这个说法让她完全笑不出来。她目前无意去想这件事，那样可能会让她恼火，她只想好好利用这段片刻。

不过却没能持续太久，因为尚克劳又回来了。他再也离不开她，说穿了……主要就是离不开她的胸部，他抚摸它们，吮吸它们，跟它们温存撒娇，对它们喃喃诉说温柔的话语。乔丝受够了。她结识这个人也不过才两天，可是她却已经觉得腻了，她硬生生推开他，起身走向沙滩。他跟着她，像只被抽走了骨头的狗，他唉声叹气、哭哭啼啼，不过她很清楚感觉到场面很可能会失控。她是过来人了，于是她头也不回赶紧离去。

"跟你的朋友玩球去吧，这样我们才能都放到假。"

"乔丝，拜托你……"

他停下来，无能为力看着她离去。他不得不留在深度及腰的水中，好遮掩他的勃起。

劳拉跑去追上乔丝。

"你怎么啦？你不高兴了？"

"没事，我要回家了。"

"你疯了！这里超棒的。"

"已经超过两天了，那个讨厌鬼只对着我的奶子说话，你设身处地为我想想嘛。"

"我也很想啊……"

"不，慢着，他甚至连看也没看我！我跟你打赌，如果你问他我的眼睛是什么颜色，他一定不知道！"

"你很好玩呀，一直都是这样的啊。"

"没错，只是现在我讨厌这样。"

"我想到一个点子，你只要让他付钱才能摸就好啦！这样你会赚到一大笔钱！"

"那怎么行！我又不是妓女。"

"我很清楚你不是啊，不过又不是要上床，乔丝，只是要他付钱才可以抚摸你，就这样而已啊，这跟做妓女还是不一样吧。"

"嗯，最有意思的地方，真的，那就是用他的钱，我终于有办法付我的手术费。"

就在她准备宣布价码的那一刻，她泄了气，她整理好行囊便离开了。独自一人，因为劳拉还想要享受剩下的两天假期，这是她第一次到海边玩。乔丝也一样是第一次到海边玩，不过对她而言，这样的理由还不足以挽留她。

她一路走到一座加油站，在那里，她遇到一位非常亲切的女士。这位女士很乐意载她一段路，而且还让她静静哭泣，没有问她任何问题。

就在她刚好需要面纸的时候，她递给她一包面纸，如此而已。

啊，还有别的。她跟她说了自己的名字，乔丝蒂，这点让她笑了。乔丝遇上乔丝蒂……不过也许是因为她受够了哭泣，就只是这样而已。

20
饲料

汤姆躺在地上,把头伸进拖车屋下。他轻轻抚摸着那只母鸡,它刚刚下了第一颗蛋,他怕要是现在把蛋拿走,会让它没有勇气继续下蛋,因此他决定把蛋留在那里。然后他取下底盘下面的那个黑盒子,当初他进来找的就是这件东西。在回到屋里之前,他环顾四周,以确定附近没有别人,然后他关上门,扣上锁,拉下窗帘。他的心跳跳到一百。他在放餐具的抽屉里,找出那把小小的钥匙,在盒子前坐下来。乔丝留下来的那张字条就放在旁边,内容他都会背了,她确实写到如果有状况,他可以拿一点钱来用,只有在情况严重的时候才可以。

而现在,对汤姆而言,就是严重的情况。

他深深吸了一大口气,然后打开盒子。盒子里最上面是一张纸,上面写满了加加减减、划掉、涂改和圈起来的数字,这张纸下面便是钞票。他拿了一张,在纸张的角落记下这笔账,又速速把盒子用钥匙锁上,再打开窗帘,解开门锁,走出去,躺在地上，探进拖车屋底，把盒子放回原来的地方。

他终于又可以呼吸了。

他骑车上路已经有半个小时了。天气非常热，他口很渴又累得要命。路还长得很，于是他坐下来休息。突然一阵引擎声传来，他站起来，把脚踏车推到路边。那辆汽车超过他，在稍远一点的地方突然刹了车，接着按了三声喇叭，司机打开车门，大动作地比手画脚。

"喂！小子！我可以帮你吗？"

汤姆认出那是山米。他穿着黑西装外套、黑领带配白衬衫……就像第一次见面时那样。差别只在于现在他裤子的拉链修好了。

"不用了，谢谢！"

不过山米却走上前来。

"你这样子是要去哪里？要我载你到目的地附近吗？"

"不用，不用，没关系。"

"后面的空间还很够啊，你看。这么做我一点也不麻烦喔。"

山米从汤姆手中拿走那辆脚踏车，打开灵柩车的后门，把脚踏车挨着覆盖着百合花的棺材放好。

汤姆瞪大了眼睛。

"你别担心，一点都不麻烦的。"

"可是……里面有死人吗？"

"对啊，当然啦。"

"那我就不太想上来……"

"唉，为什么呢？"

"可以请您把脚踏车还给我好吗？"

"可是没什么好怕的啊，我跟你保证。一开始会觉得怪怪的，我之前就像你一样，这档子事让我害怕得要命。不过我找到了对付的办法：只要告诉自己一些事实就行了，比如说：死人的尸体就好像空壳子，是人们为了能够去别的地方而丢弃在这里的东西，好让自己更孑然一身轻，你了解我的意思吧？哎呀，我快要来不及了。所以，你听好了，你知道墓园在哪里吗？好，我就在到墓园前把你放下来，这样一来，如果你是要一直骑到城里去，也已经向前推进了好几公里路。这样你 OK 吗？"

汤姆接受了。他坐上前座，也就是死人的位子[1]。他心想，以前就曾经听过一次这种说法，不过他并不晓得为什么要这样说，然后他也不敢问山米。

"我说啊，小子，你知道为什么人家说司机旁边的座位是死人的位子吗？"

"啊，真夸张……不知道呀，为什么啊？"

"好啦，其实我也不知道！我做这个工作还没做很久。不过话说回来，之前我倒是从来没有运送过尸体到这个地方来。很奇怪，对不对？有些问题大家从来不问，好让自己不被人当成笨蛋，然后我们到头来，就继续当个超级大笨蛋！好哇，那么你

---

[1] 法文中有将轿车的副驾驶座称为 la place du mort 的说法，直译便是"死人的位子"。

呢，从上次见面到现在，你过得还好吧？很快就放假了，对不对？你开心吗？"

"对啊。"

"你要去度假吗？"

"没有。"

"整个假期你都留在这里？"

"嗯……对，我想是吧。"

"你姐姐也一样吗？"

"她啊，我不知道。"

"我是随口问问喔，这可不是在拷问。反正，我自己呢，是搞定了，我要在这个地方定居了，我跟葬仪社签下了长期聘雇的工作合约，也找到了一间公寓，我还挺满意的。我很认真觉得带赛的衰运已经放过我了。好了，注意喔……我们到了，要摆出一副严肃的样子。我要很低调地把你的脚踏车拿下来，你在车子旁边等我。"

他停好车，就在距离墓园入口不远之处。汤姆的鼻子痒痒的，想必是百合花的花粉造成的，他擤擤鼻子。一些男士和女士走上前来，他们把他团团围住，紧紧拥抱他、抚摸他的头：可怜的孩子……多么令人感伤啊……他是那么可爱……这一切真是可怕啊……

山米推着脚踏车走过来。

"怎么了？发生什么事了吗？"

有人低声回答他：

83

"是死者的儿子，可怜的孩子。"

汤姆望着山米，一副跟他求救的样子。

"对不起，各位先生女士，不过这个孩子并不是你们以为的那个人，他并不是死者的儿子。很抱歉。"

"那么他是谁的儿子呢？"

"他是……我儿子，他陪我过来，今天学校没上课，因为是星期六。所以，请各位谅解。"

汤姆拉长了脸，山米把脚踏车还给他。

"你回家路上要小心喔，知不知道，汤姆？要乖喔，儿子。"

他弯下腰，然后对着他的耳朵说悄悄话："我在胡说八道……不过这情况很好笑，不是吗？"

汤姆迅速离开，他必须赶紧去帮那两只宠物买饲料。距离商店还很远，而且之后还有一整段回程的路要赶，加上两包十公斤的饲料，分别放在行李架的两边，以保持平衡，这段路会很沉重，不过他想要很确定不会再缺饲料。

在下坡的路段，他低下头，摆出自由车赛选手的架势。

然后他思索起来。他母亲的这位儿时玩伴，到底还是个好玩的家伙。

有点神经兮兮。

有点疯疯癫癫。

简单的说，就是秀逗秀逗。

……不过却不光是这样而已。

21
乔丝与乔丝蒂

当轮胎爆掉的时候，发出了好大的一声"砰"！她们吓了好大一跳，不过乔丝蒂成功稳住了方向盘，没有掉进路边的水沟里。在此之后，真正的麻烦才要开始。她们必须找到一家愿意修理的修车厂，因为，备用轮胎显然也是扁的，而且最要紧的是，这天是星期五。当一切都搞定的时候，已经入夜了。乔丝与乔丝蒂开始感到饥饿，她们经过一家还开着的小餐厅时，停了下来。尽管时间已晚，小餐厅却还在营业，九点半了，对这一带的餐厅来说，还真是够晚的了。算是交到了好运，乔丝蒂早就知道乔丝身上没有半毛钱，所以这顿由她做东。她们吃饭、聊天、欢笑，直到过了半夜，老板还请她们喝葡萄酒喝到尽兴。最后，她们都醉了。在插上钥匙发动车子之前，乔丝蒂拿出了酒测器，呼了一口气。靠，超过标准了……她们又继续说笑了一会儿，然后便在车上睡着了，就在餐厅的停车场内。她们一直睡到第二天中午。

星期六。乔丝蒂打了一通电话。

"我累得不得了,所以就睡在车上了。你明白吗?然后现在我还得去另一个工地。我会很晚回去。我明天差不多中午的时候再去接你,OK吗?那你呢,你做了些什么事?……啊,很好啊……不过我说啊,雷米,人生不是只有钢琴啊!也要走出户外,享受阳光喔!帮我把电话拿给米妮……对,我很清楚,亲爱的米妮,他做音阶练习是很重要,我同意。不过以他的年纪,他也需要消耗一下体力。我不知道啊。比如说,雷蒙只要把弓拿出来就行了,他爱死了。好吧,我得走了。亲一个,明天见。"

她转身面向乔丝。

"我把儿子留在我父母家度周末,他们人很好,不过还是得稍微监督一下。你呢,你把你儿子留给谁照顾?"

"汤姆?他十一岁了,自己一个人混得过去。"

"你那么年轻,竟然会有个十一岁的孩子!"

"对啊。"

"你是几岁怀上他的?"

"十三又四分之三岁。"

"啊,天哪,真的好年轻。那父亲呢?"

"父亲怎样?"

"嗯,他对你儿子怎么样?"

"他不知道有这个孩子。"

"而你不想让他知道?"

"为什么要让他知道?"

"为了孩子啊。"

"才不，我实在太怕他会想要变得像他父亲一样。目前看来，我想他也许有机会可以跳脱出来。"

"他有那么糟糕喔？"

"粗暴、破坏分子、坐过牢，再加上对我奶子的尺寸着魔！怎么说呢，就是一个十足的笨蛋啊！"

"啊，显然是这样……"

她们大笑，然后乔丝蒂就再度上路了。她们沉默地开了一阵子，乔丝终于决定要跟她讲。

"我要去动手术。"

"啊。"

乔丝蒂让沉默稍待片刻。

"每个女孩都梦想要拥有一对像你一样的胸部喔，你知道吗？"

"对啊，可是我呢，可没这样的梦想，这样的胸部只会让我看不见自己的脚，而且我很希望有一天能够不要再踩到狗屎。"

"啊，好吧。"

22
覆盆子巧克力

他在放糖果的货架前转了十圈，才做出了决定。最后，汤姆终于用他剩下的零钱，给自己买了一排巧克力，是夹着覆盆子内馅的巧克力。他渴望这东西已经很久了，因为包装上面那张图片的缘故，那些粉红色、硕大的覆盆子，嗯……光是看着它们就让他的味蕾发痒。他走出商店，把那两包共二十公斤的饲料分别绑好、固定在脚踏车行李架的两侧，然后再度上路。

他等到肚子很饿很饿时才停下来。他挑了一棵树，把脚踏车靠着树干放好，坐在树根上。此刻，他才从口袋里拿出那排巧克力。他小心翼翼打开巧克力，既没有撕开漂亮的覆盆子图片，也没有弄破金色的包装纸。他用上所有的时间慢慢来。他掰下了第一小块巧克力，把巧克力方块的每一边都看了个仔细，嗅着气味嗅了好久，然后才终于放进嘴里。再清楚不过，他永远都会记得这一刻。他闭上眼睛，让那片薄薄的巧克力在他的舌头上融化，然后当他感觉到覆盆子的香气与口感冒出来的时候，他叹了好长好长的一口气。哎哟我的妈呀……实在太好吃了……然后他才睁开眼睛。最初的印象结束了。于是他狼吞虎咽吃下所有剩下的巧克力片，好试着找回那个感觉。最后，他心想他应该早点停手的，不过却已经太迟了。他早已干下了蠢事。他感觉到有一点恶心，他把包装纸揉成一团，丢在身后。他爬上脚踏车，重新上路。还没骑到玛德莲家，便不得不停下来。他在路旁的水沟呕吐，吐出一堆黑色还带着几丝粉红的呕吐物，光是看一看，就让他惊出一身冷汗。

傻汪和破咪肩并肩，躺在关着的大门后面等他。在他把门打开的那一瞬间，它们便粗手粗脚把他撞开，匆匆向外冲去，他差点跌了一跤。他确实让它们等太久了，屋里的气味证明了这一点。他很迅速地把一切清理干净，然后躺在床上休息。他的头很晕，然而今天的确过得很辛苦，骑脚踏车跑了那好几公里路、胃里的那排巧克力，还有抵达这里之后的那些狗粪猫屎，无论是谁，都会被这些事情给摆平的。

然后汤姆睡着了。

接近午夜时分，他醒了过来。他感觉好些了，不过还没有完全恢复，他的胃还是打了好多个结。他在食物柜里头找到一些可以用来做一碗汤的东西，他现在就只吃得下汤，然后他决定留下来，在那里睡觉，反正乔丝应该在明晚，也就是星期天以前，都还不会回来。而那只母鸡不需要他就可以混得很好，有办法在拖车屋附近自己找到东西吃。

他用钥匙锁上门之后，再度躺回床上睡觉。这道门可是一扇木头做成的真正的门啊,他觉得自己很安全。

几分钟之后,他爬起来把窗户稍稍打开一点。

然后,他总算安安稳稳坠入梦乡,在打呼声与放屁声的催眠之下,发出声响的那只几乎全盲的老狗与那只毛被虫蛀光光的猫,蜷成一团,就挨在他的身旁。

23
傻汪的梦

好香啊……嗯，没错，非常香……在那里……不对，在这里……天哪……我好激动啊……你跟上我了吗？别耍白痴了，小子……紧紧跟在我的屁股后面……我用鼻子到处嗅来嗅去，忙到不行……你要像我这样做，之后的事我们再看……我们下次会找到更适合你的法子……保持好这个节奏！你听到了吗？否则我们会失散的……只消出现分毫动静：小小一声叫喊，微微一阵加速，然后汪一声！一扭腰、一伸腿，我就会像支火箭般冲出去了！就是睾丸酮素啦，把我搞得那么兴奋的就是这玩意儿……我的致命伤啊……我没听见你的喘气声了。你到哪儿去了？靠……没人跟得上我，我太急性子了……算了，我最后会落得孤家寡人的……反正我也宁愿这样……啊！我赶了一段路……我甚至没有气喘吁吁……不像她……我觉得她筋疲力尽……我要来搞她……我要亲亲她……停！别再动了……哎哟！我的尾巴竖起来了……尾巴摇得太大力……妈的，他们当初早该把我的尾巴给割掉的……这玩意儿啊，每当我太兴奋，就控制不住……可是我必须自我克制，不要唉唉叫……冷静下来……马上，就像这样……好多了……喘一口气，收起舌头……真是疯了，我现在流起口水来了……不可以懈怠……还要再等……再等一下下……好了，我听见他过来了，我的爷爷……现在，我感觉到他了，就在离我不到两步远之处，这就是我的爷爷啊，这人……他给枪上膛。砰！砰！砰！啊，这怎么可能！我真不敢相信。可是真是个笨蛋！他又失手了，他甚至不懂得怎么使用猎枪，而我却刚好碰到他这个人……然后他还想让我来训练那只杂种狗，因为他觉得我太老了。真是个蠢蛋！我花了一个钟头追踪这头母鹿，我帮他把所有的工作都做好了，然后砰！擦肩而过，真是气死我了。他来打猎只是为了带着他那身肥肉出来逛逛，还有为了放纵喝酒。不过啊……有了那些个管制检查，他也不能太过投机取巧，这点我没什么好抱怨的，这样我也不太有送掉小命的风险。好啦，今天就到此为止了。我们要回家了吗？可是他又跑到哪里去了，那小子？我打赌他会找不到路，然后我们就得去找他找到天黑。就像上次那样。那次我们找到他的时候，他蜷缩在一棵树洞中，还抖得好像看到了狼人似的。当初早该让他当只宠物就好，他的种就不好啊。不过算了，他们爱做什么就做什么，他们并不是挺聪明。那么我呢，我就闭上嘴，我就听话……可是我心里还是免不了会想。

是不是啊，我的胖爷爷……他是我的好爷爷。

好啊，那又怎么样？我们什么时候才要吃饭啊？我现在真的饿得要命啊。

傻汪睁开眼睛。一片漆黑。他一定又是做梦做得太用力了，要不然就是死掉了。他试着动了动，搔了搔耳朵后面，闻了一下屁股。不，他应该没有死掉。他还在放屁，而且他觉得放屁这档子事依然一样讨厌。可是死掉了之后是不是就……？他决定不要拿他那一大堆的问题去烦破咪了，他那样子已经够颓废了，这只可怜的公猫，不用再给他雪上加霜。好吧，他回到自己的事情上。奔跑，直到夜的尽头。找回他的母鹿。喔！他的母鹿啊！真是绝伦美物，就跟他一直梦寐以求的那样美。就在每一次他就要抓到她的时候，她望着他，用那双好温柔、好温柔的眼睛……温柔到让他受不了。于是，他便让她逃跑了。最好是能把她给找回来。这只母鹿啊，真的是一只梦幻的母鹿！

明天早上，还是一样，他会试着早早起床，把事情弄清楚，那会是一件让人很有兴趣知道的事：就那么一次，彻底搞清楚他到底是死还是活，跟他的五脏六腑有关，显然是这样。

24
乔丝在担心

乔丝比预定的时间早回到家,然后她等汤姆等了大半个晚上。显然,她是有点担心。可是过了一阵子之后,她受够了等待,就上床睡觉去了。她先把那只母鸡放到屋外,然后关上门,扣上插梢。

现在,她躺在黑暗中,两只眼睛睁得大大的。

她没有睡意。刚刚过完的三天以快转的速度在她眼前播放,她与尚克劳的邂逅,然后她又一次心想:呼,这次,一定是对的,只是……唉,并非如此,又弄错了,又一个只对她的乳房感兴趣的家伙。然后还有劳拉,她那位轻浮的女性朋友:听着,乔丝,我有个很棒的主意……她到现在还在问自己当初为什么要听她的,真是愚蠢。不过最糟的,是后来劳拉把她当成烫手山芋那样丢下的时候,只因为劳拉想要继续留下来享受海边的周末假期。这件事,她无法忍受,真是个烂女人!接下来发生的事就好多了,她遇到让她搭便车的乔丝蒂,是一家建筑翻修公司的女老板!好厉害,她们一定会再见面的。然后,是现在,她孤零零一个人待在这个破烂拖车屋里,前不搭村后不着店的,仅有一扇那么薄的门,只消用肩膀撞一下,喀啦一声!随便谁、随便在什么时候都可以进来。这是她第一次想到这一点,她第一次去思索这件事。也许是因为那天跟山米的事情,当他抓住她,当他把她……一定是这个缘故。要是汤姆没有拿着那把猎枪出现……外面传来奇怪的声响。她拉开窗帘,一片漆黑,什么也看不见。突然,她有点害怕。

还有汤姆,他到哪儿去了?

她起身,没有开灯,也没有发出声响,走去喝了杯水,看了一眼闹钟:清晨两点。她不知道要做什么,也许,给自己弄点吃的?看书?她有些迟迟没写的作业,现在开始做并不会是一件蠢事。她把手伸向电灯开关……外面传来一声尖叫,让她从头到脚打起哆嗦。声音离拖车屋非常近,某件事正在发生,很激烈的事,并没有持续很久,几秒钟就结束了。她火速打开门,点亮了灯,狐狸把母鸡丢下逃跑了,空中还有羽毛在飘荡,羽毛缓缓降落,黏在草枝上……乔丝捡起那只母鸡,轻抚它的头,它头上的绒毛还是温热的。她对它低声呢喃,说她很遗憾,说她刚才不应该把它赶到屋外,她很抱歉,然后她振作起来,干净利落地扭断了它的脖子,以缩短它的痛苦。她绑住鸡脚把那只鸡倒挂在晒衣绳上,去找了把刀来,给鸡放血。没有必要糟蹋掉这只鸡,她要把鸡煮成一锅鸡汤,等到汤姆明天回来,他们就可以大快朵颐了。

她把鸡用一个袋子包起来，继续挂在晒衣绳上。有时候，狐狸晚一点会再回来找鸡。然后她回到家中，拿出笔记本，开始复习功课。她最近在进度上落后很多，她必须能够全部跟上，因为考完高中会考之后，事情还没结束，到时候还得要学习更多东西，才能成为护士。妈的，到时候她会有多乐啊，打针、抽血，还有其他诸如此类的事。她并不怕血，而且屎、尿和呕吐物也不会让她人仰马翻，当有人想做这个工作的时候，基本上那就是一项优势……

此刻，乔丝嘴里咬着原子笔，眼睛望着天花板，她做出了一些正向的决定：少出门去玩、少喝一点酒、别再相信每一次的邂逅都会迸出爱情、找份工作，这点真的会很有用，尤其是对于能够搬到别的地方住，能够付得起这个快要解体的拖车屋以外的东西，这个"暂时"开始令人觉得度日如年了。三个月，没有真正的房间、没有真正的浴室、没有真正的厕所、没有电话，什么都没有，这种日子开始令人生厌了。

她又想到汤姆。他在哪里啊，这个小笨蛋，要是我逮到他……

凌晨四点了，于是乔丝有点担心，当然。

25
玛德莲很烦闷

四点零五分，还要再过一个小时又五十五分，早班的护士小姐才会来照顾病人，并且送上早餐。您好吗，玛德莲女士？睡得好吗？……不好，不好。我睡得非常非常不好，谢谢。回答时面带微笑，反正她不会在意我说的话，而且我还可以给自己找乐子，我在这里可没有很多机会可以找乐子。这里到处都有那么多的病人，那么多一整天都在抱怨的老人，尤其是夜里还抱怨得更厉害，总之，是在他们服下的剂量还不足以让他们冷静下来的时候。因为我啊，我很清楚的，从来到这里的第二夜开始，我就知道了，他们这么做是为了能够得到宁静，就是那些负责看护的人，当然不是全部的人都这样，不过有些人确实是如此……我看出来是哪些人了。第一天早上，他们给我的东西让我完全被打趴了，我甚至没办法睁开眼睛，于是我找到了折衷的办法，就是他们早餐时给我们配咖啡的那些看起来像糖果的药丸，我一手拿起两粒，然后，咻！没人看见、没人发现，就被我掉包了。我当着他们的面把药丸吞下去，他们很高兴，心想自己终于可以稍微休息一下了。不过说起来，我能理解，如果我是他们，我也会如法炮制，因为啊……这里有些人，就连我也不愿意去照顾他们，无时无刻都在抱怨的老浑蛋，不停按呼叫铃，哎呀，这种人可多了……与此同时，我把那些药丸留了起来，我已经有十四颗了，结结实实的一小包。我把药丸放在他们给我放假牙用的塑料盒子里，把药丸藏在面纸下面。至少放在那里，我很确定从来不会有人多看一眼。也许有一天，这些药可以派上用场。我不喜欢受折磨，所以啊，等时候到了，如果没有人在身边可以帮我，那么啊……我就会拥有所有必要的东西啦。不会麻烦到任何人。

"早安，玛伊黛，早餐时间是几点啊？"

"就要送来了，就要送来了。这里的人可真急啊，老天爷。啊，不过，您今天精神可真好，玛德莲女士。您开始增长体重了，是吗？"

"七天长了两公斤。"

"就是要这样才好。您来到这里的时候，还真不好看，身上就只剩下皮包骨了。"

"我一直都很瘦，说起来。"

"对，可是那时候，看起来真的像是……我不知道怎么说……真的可以说您像是从集中营里出来的！"

"啊。"

"您当时缺乏营养的状况非常非常严重。而且，讲白点，头几天，我们跟同事还在打赌呢。"

"真的啊？"

"不过现在，您可是脱离险境啦。总之，目前是这样。您将来回到家之后，必须非常小心啊，要改变您的习惯，要定时进食，一天吃三餐，好吗？"

"不是我不想这么做啊，可是那样要花钱的。"

"对啊，我了解。不过您还是必须找到解决的办法。最理想的情况是您一天至少有一顿必须吃点肉，明白吗？要不然，又得叫消防队了。"

"啊。"

"您什么时候出院？"

"说到这个啊，我也很想知道啊。"

"我去问问主治大夫，我会再回来。"

玛德莲等了一整天，那位护士小姐都没有再过来。有太多病人了，有太多事情要做。可怜的女人，这是个累人的工作。明天她会再问她一次，也许这一次，她就会记得……因为她还得要找到人来接她。也许找莫莫？他现在有一辆公务车，不过她也没有莫莫的电话。要不然，还有那个面包师傅，趁她过来的时候问问，反正问问她又不花钱……

就这么办吧。玛德莲总算露出微笑。

26
山米在听巴雄的歌

回声很大，这很正常，因为房子还是空的。等他把自己安顿好之后，他会添些家具，那样会好一点。目前，他只带来了他的行李箱、睡袋，还有一个纸箱，装了他的书与音乐。总之，这些就是他所有的东西了。山米在他的两房小公寓里闲逛，角落的厨房、浴室、厕所；他看来看去，墙壁、木头地板、窗户、隔间墙的厚度；他试了又试，电灯开关、马桶水箱、门把、马桶盖。他觉得一切都非常好，非常漂亮。现在，这是他的家了，属于他的小小凡尔赛宫。为了庆祝这件事，他买了一瓶香槟，他打开那瓶香槟，倒满一只漱口杯，跟自己映在洗手台上方镜子里的倒影干杯。敬你，山谬尔……他做了个鬼脸，听着自己的声音让他觉得有点难为情，因为回音的缘故，这下子自己也许应该给窗户装上窗帘，好减轻回音的强度，也为了看起来比较漂亮，如果这样看起来会像同志家的装潢也没关系，只要不像他在牢里蹲的时候那样。

他拆开那套崭新的高传真音响包装，把音响直接放在地板上。退后几步，好看看这台音响给他的客厅带来什么样貌。这是他的第一台音响，所以，这点当然很令他激动。他在纸箱中翻找一阵，找到了他想找的CD，扯下玻璃纸包装，是艾连·巴雄[①]的《汽油蓝》，这位歌手的最后一张专辑。

他跟着歌手一起哼唱。

> 一首歌，讲的是要少跑一点，
> 直到完全不再跑了；
> 少笑一点，
> 直到完全不再笑了；
> 少爱一点，
> 直到……

然后他拿出纸箱里的六本书，全都是新书。麻烦您，不要口袋版的。这是他当时对书店里那个女孩所提出的要求，这样比较贵，那是当然，不过为了他生平的第一批藏书，他不想小里小气地开始。

六本书全都是他要求那个女孩挑选的。她是新进员工，第一

---

① 艾连·巴雄（Alain Bashung，1947—2009）是法国歌手、词曲创作者及演员，在法国乐坛占有举足轻重的地位，并对法国摇滚乐影响深远。书中提到的《汽油蓝》(*Bleu Pétrole*)专辑，于二〇〇八年发行，是他生前最后一个作品。

次有人要求她帮这样的忙，他清楚地看到她有点怯场，在前往货架之前，她问了几个问题。就这样而已。她回来之后，把六本书摊开来放在他面前，她不希望他看都没看一眼就离开……关于书名？封面？作者简介？好啊……刷了第四版了，所以……不用？您确定？真的喔。我还是想要跟您简单介绍一下……拜托您，先生……他答应了，不过真的只是为了让她高兴。

他要从《蓝色工作服》(*Bleu de chauffe*)这本书开始读，写下这本书的那个家伙叫做"南·欧鲁索"(Nan Aurousseau)，书店女孩把这个名字念成"南尼"，他以前从来没听过这样的名字。总之，这个家伙，他曾经坐过牢，现在他是一位作家，这点很令山米刮目相看，因为他自己啊，有时候也会写一点诗。当他还是青少年的时候就开始了，写的是一些热情如火的东西，当然啰，写给他的那些小小心上人儿。不过，有一天，他吃了太大的苦头，于是他决定：他再也不会把诗读给任何人听。从那时候开始，他都是在内心受到太大的伤害，必须要有个出口的时候，他才写诗，就是当他再也没有别的办法安抚自己的时候，偷偷写，往往是在厕所里。这些诗，他会保留一段时间，然后就会把诗给烧了，好确保这些东西不会落到随便谁的手里，那样会让他感到太过于脆弱。对他来说，那样并不是件好事。

山米重获自由，马上就要满六个月了，不过他还是有点难以置信，而他不是唯一有这种感觉的人。有一天，在咖啡店里，有个家伙告诉他，说他自己就花了好几年才确定了自己的自由，而且有几次在夜里，他还是会尖叫着醒过来，因为他以为自己听见钥匙在门锁中转动的声音……喀嚓!

那人的名字叫做法里德,一个非常亲切的家伙,他在出版界工作,只做烹饪书。这类书籍并不真的是他的菜,不过那个人讲起这类书籍的样子,看起来超有意思的。

27
亚哈船长是爱吃醋的猫

天气很好，阿奇鲍与欧黛特在室外吃早餐，一面伸着一只心不在焉的耳朵聆听着收音机的新闻广播。躺在他们脚边的亚哈船长用尽千方百计，想要吸引他们的注意。它很想让他们明白，今天早上，它有讨摸摸的迫切需要，那里，就在肚子上摸一摸，感觉会很好，现在就要！他们对它视而不见，已经有好多好多天了。于是它使出浑身解数，缓缓久久地伸懒腰，眨着色眯眯的眼睛，特别是要对着欧黛特做这些动作，她对这些举动特别有感觉。可是，却什么也没发生。它祭出最后的手段：在打哈欠的时候，紧接着短短一声喵叫，依照惯例，此举会让他们发笑；然而此刻，却毫无反应。它深感痛心，尤其是它知道他们心里正在想什么，一清二楚，他们在想那个小屁孩，就是那个跑来偷蔬菜水果的孩子，而他们却从来不阻止它。真是个谜啊。

因为……

他们来到这里定居几乎就要满一年了，而且他们努力不懈工作，好让菜园收获有成。事情的进展还算挺顺利的，尤其要是我们知道，他们在刚开始的时候有什么非常难以克服的障碍：对绿色的深恶痛绝。在来到这里之前，他们甚至不能忍受一幅画上面出现绿色！这点就说明了一切。尽管他们至今依然拒绝承认这件事，当初那样纯粹是出于迷信，回首过往，也因为这样，造成他们两人当中，没有人曾经去过乡间，也没有谁曾经在阳台上种过半根像是龙蒿这类的香草，更别提用双手来工作了。他们从来没有做过办公室以外的工作，只有在给打印机换墨盒的时候才会弄脏指甲；把自己搞得腰酸背痛的原因，只会是因为在计算机屏幕前一连坐上好几天，他们的肺里面只装满过二氧化碳危险超量的空气，他们的鞋底只踏过柏油路。顺着这个逻辑走下去，他们以前只在餐厅里吃饭，只在熟食店里买食物，最多最多，当他们放假在家的时候，也只会弄冷冻食品给自己吃。退休的时候到了，他们不得不重新计算一切开销，于是残酷的事实摆在眼前：他们再也没有能力负担城市里的生活了。他们卖掉了公寓，然后来到这里。刚开始的日子在他们看来，显得挺艰难的，他们当时不认识任何人，闷得像两只死老鼠似的。于是，为了避免陷入忧郁和酗酒，他们全心全意投入了烹饪、园艺、修理东西，什么都尝试过。后来，他们交了朋友，全都是些时髦的天然食品爱好者。人在老化的时候，才会对自己的身体健康产生意识，总之，也许吧……反正，对他们而言，这点很明确：再也不要用化学产品、一成不变的除草剂、威力骇人的杀虫剂了。跟荨麻堆肥、老爷爷的锄头、会吃蚜虫的瓢虫说声嗨吧。而且因为阿奇鲍与欧黛特都是很认真的人,他们便把问题研究得很透彻,他们查过资料、做了实验,参观过这个地区所举办的每一场自然农业展。他们买了一大堆书籍:《十堂课造就成功的生机菜园》《日月星辰的自然农法园艺》《自然农法园丁的秘密》……总而言之,就是全套都来,他们变得什么问题也难不倒。不过,更要紧的,是他们对此完全信服。然后在某天晚上,在吃过一顿颇为丰盛的晚餐之后,为了让他们的生活更加刺激有料,他们决定投入一个崭新的挑战。他们想要变得自给自足!能够达到什么都自己种,再也不需要去超市购买任何蔬菜水果的境界,这一切都要在一年之内办到。这个挑战令他们感到兴奋。第二天起,阿奇鲍便大刀阔斧盖起一座温室,好可以一年四季都生产蔬菜;而欧黛特则是专攻果树,因为住在乡下不做果酱啊,阿奇鲍,那就好像……好像电影导演贾克·大地没了烟斗,马赛这个海港少了沙丁鱼,或者是马戏团少了小丑梅德拉诺。是不是啊,亲爱的?可是阿奇鲍既不认识贾克·大地的烟斗,也不知道马赛港的沙丁鱼历史,更不晓得梅德拉诺马戏团,于是他什么话也没有回答。

　　结果,就成了现在的局面,现在第一年差不多快过去了,他们就快要赢得挑战了。所付出好几个月的耐心之后,他们才刚刚开始享受这里的工作、开始看见他们努力的成果,然后一个小浑蛋就挑上这个时候,来偷走他们所有的马铃薯和胡萝卜!而他们呢,他们不仅任那个小子为所欲为,这件事还令他们笑逐颜开。谜团愈来愈大了!

　　此刻,更夸张的是,他们竟然感到担忧,而且还为昨晚感到失望。这点看得出来、感觉得出来。他们把所有东西都准备好了，精心挑选好那部电影：《狐狸与我》(*Le Renard et l'Enfant*)，这部片子很适合他的年纪吧？您觉得呢？我希望他会喜欢。他们把长椅搬出来放在后院中，怕万一天气转凉，还准备了格子纹毛毯，欧黛特甚至还在小茶几上留下了几片巧克力蛋糕，那食谱可是她的独家秘方。然而……那个小屁孩却没有来。于是，他们真的担心了起来，毕竟已经过了三天了，他都没有过来在温室与菜园里大肆劫掠，这点令他们感到若有所失，以为他出了什么事。他们有点把自己当成了祖父母，可怜的家伙，他们没有小孩，一定是很渴望孩子。

话说回来，要是他真的出了什么事，那也是他活该。如此一来他便会学到：我们最后总是要为自己的错误行为付出代价，它缺了的那条腿便是明证……

哎哟，哎哟。

亚哈船长吃醋了。

并不是所有的猫咪都很完美。差得远了。

28
你到哪里去了？

汤姆并不是非常想回自己家，他心想：今天没有什么了不起的事情可以做。没有功课，马上就学期末了，想想才刚过完这糟糕的一学期，无论如何，他在暑假期间都会有一大堆东西要复习，所以现在就算什么也不做，也没差了。接近中午的时候，他给自己料理了一大份贝壳面，真是一顿大餐啊。然后他去菜园里巡了一圈，好确认作物的状况，番茄植株的样子看起来很好，全部都开了花。他心想，傍晚时分，他要去邻居家转转，就是那对称呼彼此为"您"，而且就连生气的时候也很有礼貌的邻居，好看看他们的反应怎么样。同时，也要利用这个机会稍微采办些补给，他已经有整整三天没去补货了，家里已经没剩下任何可以吃的东西了。等到乔丝回来，一定会抱怨这件事。

他有很充裕的时间，于是便参观了房子旁边的小木屋。那是一间旧鸡舍，那些鸡窝都还在，里面铺着干草。好一堆了不起的旧货，他在一个大箱子里找到了一大堆旧漫画，随手挑了一本，接着他又找出一张用柳条编成、满是破洞的躺椅，他把躺椅放置在户外的一棵树下，然后躺下来看漫画。傻汪小跑步过来在他的脚边躺下，开始很用力地打呼，而且还放屁。不过因为在室外，这点就比较没那么讨厌。

汤姆读了《毕毕·福立克丁与飞碟》，他觉得这本书很好笑，但也有点太天真。比如说，他们来到火星的时候，毕毕·福立克丁和他的好朋友拉急必死·粗粗（这个名字怪好笑的），竟然没穿宇宙飞行服就可以呼吸；然后他们跟火星人讲话的时候，竟然可以毫无阻碍地听懂对方的话，好像他们真的有可能讲同一种语言似的！不过最令他觉得好笑的一件事，是他们决定要偷一架飞碟返回地球，却没有办法成功……就只是因为飞碟有防盗装置！这点实在太强了，真的。

他回去找其他的漫画，竟找到了满满一纸箱的《曼陀罗》《岩石布雷克》《驯牛大赛》《内华达》《悠玛》《佩皮托》……简直就是一座漫画矿山。他哪天一定要问问玛德莲，这些漫画她是从哪里弄来的。

傍晚时分，他来到邻居家"买菜"。

他从树篱的洞口钻进去，停下来，聆听一阵。没有猫。他弯着腰，在一排排的胡萝卜之间奔波，拔起四根胡萝卜，把地上的窟窿重新填好，用脚把土踏紧，又用一样的方法采收四根韭葱。然后他在最近才种下的番茄植株前，整个人停住了脚，上头已经长满了绿色的小番茄。番茄根部旁插着牌子，他读到这些番茄植株的名字里有"早熟种"的字样,他上次拿走那些番茄苗的时候,并没有注意到这一点。他有一点失望,因为,如果是他自己拿去种的那些番茄,可能要等上很久才有办法吃得到了。与此同时,他观察着那些番茄的枝条是如何绑在支架上,他想要给所有的番茄苗做同样处理。他也看到有一些瓶底被割掉的保特瓶,头下脚上种在土里,每一株西红柿旁边都有一个,这是拿来浇水用的。这个法子可是一点也不笨。

在离开之前,汤姆犹豫了一下,不过最后还是走进了温室。他拿了四株新的番茄苗,这次特别注意标签上面清楚标示着"早熟种"的字样。他跑步离开,钻过树篱。那只猫不在,这点令他很惊讶。他把蔬菜和番茄苗收拾好,放进他固定在脚踏车行李架上的柳条框里,他特别注意避免伤到这些植物,然后……他决定再回温室去。这次,他拿了黄瓜苗和栉瓜苗,苗株长得很大,他害怕这样会没办法穿过树篱。确实如此,他必须分两次才能拿得出去。在他第二次穿过树篱的时候,亚哈船长出现了,就正对着洞口坐着。猫儿恶狠狠看着他,目光比前几次都还要来得更加凶恶。汤姆僵住了,有那么一秒钟,他甚至想要抛下一切狂奔离去,不过最后,他伸手把苗株放在猫儿面前,然后嘟哝着说:"这是最后几株了……我不会再拿了,好吗?"船长站了起来,瞪着他看,样子很不怀好意。它用它那三只脚,一拐一拐缓缓走向他,汤姆赶紧闭上眼睛,好让它不至于觉得他有藐视它的意思,他以前不知道在哪里读过可能会有这种状况。他的腿被轻轻蹭了一下,他发出一声尖叫,那只猫已经从树篱下钻了过去。于是汤姆心想，这只猫也许并没有那么凶恶，不过这点还有待证明……

他推开入口的门，把脚踏车挨着一棵树停靠着，停放在树荫下，以免苗株受到损伤。几根羽毛四处散落在拖车屋四周，是红褐色的羽毛，还有些许绒毛黏在高大的杂草上，只要有丝毫风吹，便在空气中颤动。他慢慢走向拖车屋的门。门被大力打开，开门的人是乔丝，而且她的样子看起来非常非常生气。汤姆向后跳了一步。

"你到哪里去了？"

"到邻居家的菜园去了。"

"昨天晚上就去了吗？"

"唉，当然不是。"

"小心点，汤姆，别把我当成笨蛋。你昨天晚上到哪里去了？"

"去了一个朋友家。"

"哪个朋友？"

"嗯……你不认识他啦，是我学校的同学。"

"汤姆！"

"你写的留言条说你今天才回来，所以我以为……"

"过来这里。"

"不要，妈妈……拜托你啦……"

"我叫你过来这里啊。"

"妈妈，拜托你……"

她抓住他，举起手，他让自己跌坐在脚跟上，用手臂盖住头，呜咽着。

"你到哪里去了？"

"我不喜欢一个人独自待在这里，所以才会这样啊……"

乔丝的动作止住了。

"好了，进来吧。"

他乖乖听话，特别留意避开她的脚。她跟在他后面。

他看见那个黑盒子打开来放在桌上，他明白了是怎么回事，他可有苦头吃了。

不过他跟她解释，说他当时实在太饿了，饿到他拿钱去买了一只兔子。证据就是……她可以查看冰箱，还剩下一块兔肉。然后找回来的零钱，他犹豫了一番，不过最后还是买了一排覆盆子巧克力。这么做很白痴，可是他实在太想吃了。只是这个，他就没办法拿给她看了，因为他把巧克力全吃光了，而且此举还让他感到非常不舒服。她笑了……

"你吐了？"

"对……"

"你活该，你要是留一点给我就没事了。好吃吗，那个覆盆子巧克力？"

"对啊，太好吃了。"

"我倒是很想尝尝看。我们去买来吃好不好？"

"现在吗？我一点也不想啊。"

她靠近他身旁，举起了手，他用胳膊护住自己，不过她却只是想要摸摸他的头。他越过胳膊望着她，戒备着，可是她却对他笑了。他哭了，终于松懈下来。她也一样。好了，到这里。我不知道自己为什么会像这样发脾气，我没办法控制，不过你知道我的，这脾气来得快，去得也快，对不对啊？

然后她又低声加了一句：我也一样，昨天晚上一个人独自待在这里，让我觉得很害怕，我的小汤姆。就这样而已……没事了。

29
员工出入口

玛德莲在员工出入口的门前等待,一只手拿着她的提篮,另一只手拄着拐杖。总算有车子来了,停在几米远之处。司机甩上车门,跑步经过她身旁。她继续等。不过因为他耗上了好一段时间都还没有回来,她决定先不等他,靠自己想办法。她绕过车子,打开车门,费力坐进了前座,她咕哝着说:"先到先赢……"她自顾自笑了起来。然后车子的后门猛然被打开,让她吓了一大跳,她很难转过头去看,因为脖子有点儿僵硬,不过她听得很清楚。他们把担架运过来,一路用轮车推到车门前,粗手粗脚把担架装上了车。她心想,她可不愿意落到那样的田地,这些人啊,手脚可不太轻巧。车门被关上了,司机这才坐进驾驶座,司机正是山米。他望着玛德莲,一脸目瞪口呆。

"哎呀……您在这里做什么啊,女士?"

玛德莲耸了耸肩。

"那还用说,我当然是在等您啊。"

这是山米第一次遇到这种情况，他不知道该怎么办，也不知道该说什么。

"您是家属吗，是不是这样？"

"谁的家属啊？"

"那个……我装在后面那位的家属。"

"啊，并不是。我在这里没有亲人。不过既然您提到他，就是另外一位，在后面的那位，我就顺便跟您说一下。您对待您的客人，手脚可是一点也不轻巧啊，年轻人。您刚才把那一位送上车的方式，我跟您发誓，令我背脊发寒啊。您要知道，人不舒服的时候，最轻微的晃动都成了折磨。您别觉得我的话不中听啊。我跟您说这些，都是为您好，您有可能会被投诉啊。而且更糟的是，这种状况将来哪天也有可能发生在您身上，让您落到这步田地。到那个时候，您就很清楚我在说什么了。那么，好吧……咱们可以出发了？我们还在等什么人吗？"

山米心想他是否应该打电话给阿诺，也就是他的老板，他也许会知道遇到这种状况时该怎么办。

"那……您究竟是想要去哪里呢？"

"哎，当然是回我家啊！我急着想回去看我的老妖怪们。说起来，有八天了，我没抚摸它们有八天了啊。"

山米心想他得要谨言慎行了，别对她太粗暴，这个可怜的老太婆，她的脑子一定有点毛病。

"那……您家离这里远吗？"

"不会，不太远。"

"不太远是什么意思?十分钟?十五分钟?"

"哦,不是。"

"没那么久?"

"不是,还要更久。"

"那么我就没办法送您回家了。我后面有……客人,他也想要回家。他很急,他需要休息。"

"您可以先送他回家,我一点也不在意。"

他叹了一大口气,然后转动钥匙,发动车子。

"不,反正不管怎么样,他都会一直睡下去。我看还是先送您回家吧。女士,您行行好,拜托您,给我指个路吧。"

山米在这一路上,得知了老太太的名字叫做玛德莲,而且她的脑子并不怎么有毛病,她的老妖怪们只不过是一只猫和一只狗,而剩下的部分,则是一场误会。玛伊黛,就是那个护士小姐,今天早上才告诉她,说她今天就可以出院,因此她没有时间找人来接她。她确实想到过某位叫做莫莫的人,不过这个人却没有电话;至于那位女面包师傅,真是不碰巧,她星期一不过来,您说是不是很倒霉……于是她心想:见鬼了!一定有接驳车可以把人们送回家,会有人来接他们的……然后就这样了,她等了一会儿之后,便碰上了他。一个好小伙子,人很和善……山米笑了。她还是觉得这情况很奇怪,今天要回家的人竟然那么少。在后面的那一位,他一句话也没说,您觉得他是不是瞧不起我们啊?讲到这里,他差一点就要笑出声来。不过他回话说后面那位应该是在睡觉,说他非常疲倦。

当他们抵达目的地时，他帮助她一直走到家门口。她试着打开门，可是门用钥匙锁上了，这情况让她有点摸不着头绪。最后，她想起来她把钥匙藏在提篮的最底层。走进门的时候，她既没注意到屋子闻起来不再有猫尿味，也没注意到地板已经被清洗过了。她直接走去抚摸她那两只老宠物，它们兴高采烈欢迎了她一阵子，然后，她向山米提议——

"来尝一点点甜烧酒，您说好不好啊？"

他不知道那是什么，他出于谨慎拒绝了。她很坚持。把甜烧酒倒入两只喝烈酒用的小玻璃杯中，自己先干掉了一杯，然后把另一杯放在他手中。

"啊，我现在终于恢复了精力。都是这趟旅程，把我的胃给有点搞坏了。我说，您就坐下来啊，别一动也不动站在那里，像根柱子似的。您要不要拿一粒玛德莲蛋糕来配烧酒啊？味道很合的哦。这些是医院的玛德莲蛋糕，味道不坏哦，我存了一些当零食，我拿给您看看。"

她打开提篮，里面装满了玛德莲蛋糕。她望着他，一脸狡黠。山米笑了。

"是那个玛伊黛，她每天都给我两份玛德莲蛋糕，再加上我从别人的托盘上偷来的，他们甚至都没有发现，那边的那些老人啊，都是那么老糊涂了。"

"好吧。嗯，谢谢您这杯……"

"您要再来一杯吗？"

"不用了，谢谢。我真的该走了。"

"啊,不过确实如此。我都把他给忘了,另一位乘客,他应该等得受不了了,最后一定会抱怨的。"

"要是那样我会很惊讶的,不过我还是要赶快把他载回去。好吧,再见了,玛德莲女士。"

"对,就这样,再见了,年轻人。"

山米坐在灵车的驾驶座上,最后一次挥手跟站在门廊上的玛德莲道别,然后便火速离去。天色已晚,他还得把"另一位乘客"载回去。不过这一位,倒不是载他回家,而是载去放进葬仪社的冰柜里。而且尽管时间迟了,搬运的过程也有点粗鲁(这点他必须实话实说),这位客人却没有抱怨。

不管怎么样,至少山米什么也没听见。

30
工作

劳拉替乔丝找到了一份工作，是一位每逢星期五就会来找她做头发、每两个月会来烫头发的老太太。她摔下了楼梯，把她的股骨颈给整惨了，所以要找一位每天早上负责帮她买菜、做家事，还要做饭给她吃的人，不过她不是随便哪个人都行。酬劳算是挺不错的，这位老太太的手头挺宽裕，她领有自己的教师退休金，还加上她丈夫的那一份退休金，她丈夫从前是陆军军官。还好，她不算太讨人厌。好啦，其实还是有那么一点讨人厌啦，不过跟别人比起来，真的不算什么……OK啊，乔丝倒意愿试试，她要去面试，如果彼此合得来，她可以马上开始工作。之前那个女孩子昨天就走了，老太太在她偷拿银餐具的时候把她逮了个正着……这女孩真是个笨蛋啊！银餐具让我们吃的所有食物都沾上那股味道。而且更糟的是，等到上面镀的那层银磨损了，下面的铜就会露出来，那样对身体健康可是一点都不好。总之，人家是这样告诉我的啦……

那位老太太想要试探她一下，于是让她做了一点家事。出于好运，几乎没有什么脏碗盘要洗，于是乔丝便顺利做完了。家事之后是园艺：给花坛除草、修剪玫瑰的枝条，轻而易举的工作。然后，是烹饪，她做了一道香草鸡配上炒马铃薯块，这是她的拿手菜。最后，老太太请她读几页书，要大声朗读出来，她也顺利过关，结果还不算太坏。于是老太太对她说："谢谢您，小姐。您可以明天再过来。"她差点就要抱着老太太亲吻了。

为了庆祝得到工作，乔丝跟劳拉一起去咖啡馆喝了杯啤酒。在那里遇到了一些朋友，他们一起举杯祝福她，然后玩撞球玩到很晚。就在打烊之前，山米来了，在吧台前坐了下来。他们对于彼此竟然会在这里遇到对方，都感到同样惊讶。乔丝转身背对着他，好不必去对到他的视线，不过劳拉的眼睛却开始像蝴蝶翅膀那样眨啊眨的。这个男的真是个大帅哥，而且还穿得很体面，完全就是她的菜。

乔丝有点不爽，便回家去了。

劳拉则是扑向了她的猎物。

不过这可不容易，因为在牢里熬过这么多年的人，在出来之后，比较会有想要避免做蠢事的倾向。而此时此刻的山米，也早就决定在这方面要冷静下来，尤其是在跟乔丝所发生的事件之后，那件事让他彻底冷却下来。于是，他当然是非常想要打上一炮，不过跟乔丝最要好的朋友搞，这点还是会让他觉得有点讨厌。她在他旁边坐下来，他们交谈了几句，她不断地微笑、抚弄自己的头发，同时还在凳子上扭来扭去，看起来很养眼，听起来也很悦耳。她并没有发明热水,也没有发明切奶油的线绳①,更没有什么其他了不起的地方。不过在她之前,他又认识过什么厉害的女人呢?于是他心想:有什么关系呢……她最具有吸引力的东西就是她的肉体,可不是每个人平白无故就可以轻易拥有那样美丽的肉体,那是一张很大的王牌,而这个劳拉,她拥有这张王牌。他开始放任自己了,最后终于豁出去了,毫无保留。

对于这档子事,他并没有什么好后悔的,劳拉掌控了一切,而且她证明了自己具有非常丰富的想象力……

---

① 法文中说一个人"没有发明热水"或"没有发明切奶油的线绳",意思都是说这个人不聪明,有点蠢。

31
是谁啊？

放学回来，汤姆跑进拖车屋、放下书包、在餐桌上留下一张字条，以免乔丝提早回家，接着将一大堆空宝特瓶塞进脚踏车上的帆布包里、把装着黄瓜苗与栉瓜苗的柳条箱绑在行李架上，然后就火速上路了。他必须赶快赶到玛德莲家去，好喂傻汪跟破咪吃饭。这两个可怜的家伙，一整天被关在屋子里，可真是不好玩。这样要上厕所的话，实在等太久了。他确实为它们准备了一个箱子，里面放了一些碎纸，不过它们却常常上在箱子旁边，因为它们没有这个习惯。每天都得清扫真的是件很烦人的事。

在抵达之前，他注意到有一辆车子曾经开过这条路，路上的泥巴留下了新鲜的胎痕。他跨下脚踏车，改用步行走完剩下的路。远远地，他便看到房子的门半开着，这点令他感到不是很安心。他不动声色，走向窗户，好看看里面的状况。原来是玛德莲回来了，而且正在看电视，破咪窝在她的膝上，而傻汪则躺在她脚边。这情况让他松了一口气,他敲了敲窗户的玻璃,她抬起头来,眯起眼睛好看得更清楚。

"是谁啊?"

"是我,汤姆。"

他走进屋子。狗和猫都只睁开了一只眼睛,不过却留在他们原本的位置上,连一厘米也没有移动过。它们的女主人在家,它们再也不需要他了,它们现在想告诉他的差不多就是这个意思,而这点莫名惹毛了他。玛德莲挥挥手,邀请他过来在她身旁坐下。她把一粒包在玻璃纸中的玛德莲蛋糕推到他面前,然后继续看她的连续剧,等到节目播完,她才转身面对他。

"过得还好吗,亲爱的孩子?"

"嗯,还好……"

"你看,他们今天把我送回来了。这家医院里的人,他们做事并不是非常有条理。"

"您的腿治好了?"

"我想是的。总之,他们是这么说的。"

她抓了抓头,样子好像在思索什么。

"我这下才想到:我在医院那里的时候,过来喂我的宠物吃饭的人就是你吗?"

汤姆僵住了。

"对啊,每天都来,已经有九天了。"

"我就是这么想的,不过我对这点也不是完全确定。都是我的记忆力啊,把我耍得团团转。也许都是因为他们开给我的那些新药造成的,一些你要多少就有多少的药……把我的脑子弄糊涂了。所以说,确实就是你啊,来照顾我的宠物的那个小朋友。好啊,对啊,对啊,确实就是你,在我心里头,我正是这样告诉我自己的……"

她在讲这些话的时候,一直点着头。

接着是一段漫长的沉默,对汤姆来说有点太漫长了。在等待她打破沉默的时候,他弯身去抚摸傻汪的头,这只老狗竟然开始低声吼叫,还龇牙咧嘴的,他赶紧缩回手,忍住没有哭出来。然后他望向玛德莲,她的样子看起来心不在焉,仿佛张大着眼睛睡着了似的。汤姆轻轻站起身来,蹑手蹑脚走了出去,他跨上了脚踏车,然后……他又改变了主意。他过来这里的目的还有一个,那就是为了要做园艺,于是他解开装了植物的柳条箱,把空宝特瓶从脚踏车的帆布包里拿出来,然后走进菜园。他把宝特瓶的瓶底切掉,把瓶身头下脚上地插在每一株番茄旁边,在瓶子里注满水,就像他在英国邻居家所看到的那样,然后他种下了其余的苗林。等他做完这些事之后,他回头往屋子走去。这个时候,玛德莲已经站起身来,正在朝宠物的碗里倒饲料。汤姆敲了敲门。

"你跑到哪里去了呀?我刚才很担心呢。"

"去了后院。"

"真的哦。说到这个,我明天再去后院转一圈,你到时候陪我去吧。我走路还是有一点不方便。我不知道我是怎么了,但我就是觉得很累。我要去睡觉了。"

汤姆觉得这样很奇怪,天色还早啊。

然后她笑了起来。

"我染上了一些小老头儿才有的习惯，嘎。你心里在想的就是这个吧？不过啊，明天就结束了。再也没有药丸，再也没有药水了。那样有什么意义？真是这样啊，没有那些个狗屁倒灶的东西，我也都一路撑到现在了，我一样可以不靠它们继续撑下去。以我所剩的时日啊，犯不着给自己找麻烦。"

"明天见了，玛德莲女士。"

"好啊，就这么办吧，孩子。明天见。"

于是汤姆就离开了。

他的心情有点沉重，因为傻汪跟破咪的缘故，这两只动物，真是坏东西，毫无感情，完全不知感激。早知道它们是这个样子的话，他就不会那么费心照顾它们了，他会两天才来一次。

总之，就是会比较少来一点，一定是这样的。

32
早起

在闹钟旁边有一张字条，上面写着：早早叫醒我。我找到工作了。（一个错误也没有，简直不可思议，她一定是抄来的……）他做了个鬼脸。叫醒乔丝真的是一件苦差事，她早晨的心情特别坏。每天早上，他都设法避开她。他是个很有条理的人：衣服放在床脚，随时可以拿来穿上；鞋子放在门边，书包则已经绑在脚踏车上，放在外面的树荫下，万一下雨才不会淋湿。可是这下子，苦工出现啦。他穿着袜子和T恤，站在拖车屋中间思索着。他决定先从为她准备一杯咖啡开始，横竖都要花时间，至少可以先完成这件事。在把咖啡拿给她之前，他打开收音机，搜寻着一个有播放音乐的电台。乔丝是流行歌曲迷。他找到了一首她刚好很喜欢的歌。他愈接近她的床，就把音量调得愈大；把收音机放在她的脑袋旁边，然后马上跳开。她发出一声小小的抱怨。他送上那杯咖啡，把收音机的音量又调得更大声一点，然后等着看会造成什么效果。另一声抱怨，不过这次比较明确了。妈的，真够烦。他看看时间，披上外衣，咬了一口面包，打开门，吸了一口气……

"该出门上班的时间到啰！"

乔丝一跃而起，环顾四周，头发蓬乱，一副目瞪口呆的样子。

"你就不能早点叫醒我吗！我要迟到了！"

"咖啡准备好了。我要走了，妈妈，我不想错过校车。"

"要是被我逮到，你就……"

他很快关上门，跑向他的脚踏车，不过乔丝的头从门缝中冒出来。

"我刚才以为时间比现在还要更晚。你等我，我送你一程。"

"不用，不用，没必要啦。"

"你等我，我告诉你，我只需要两分钟准备。"

汤姆叹了口气。

十分钟后，乔丝总算出来了。她万般艰难发动着轻型机车。

"化油器要清理了。我们今天晚上一起来弄这个吧。如果你以后想要成为技工，这会是个学习的好机会。"

汤姆低声抱怨，反正不管怎么样，那也不是他想要做的。然后他抓住她的套头衫。她加速太快，就跟平常一样。汤姆很怕会摔车，于是松了手。她大笑，减慢速度等到他追上来，他再度抓住她，保持着高度专注。

"我找到工作是件很棒的事，对不对啊？"

"嗯。"

"我们快要可以吃蔬菜以外的东西了。"

"嗯。"

"你不高兴啊？你以后再也不需要去那些院子里偷菜了。这样挺不错的，不是吗？"

"是啦，是啦。"

"那你可以说出来啊！"

"好啊，我说了啊。"

"哎呀，你真是让我火大！我真不知道自己怎么了，刚才怎么没把你丢在那里。"

"哦，不要啊，妈妈，我快迟到了……"

"那就是你活该，哼。"

他们到达公车站牌的时候，公交车正要离站。不过那位司机人很好，他停下车来，甚至还等汤姆把脚踏车绑好，才再次发动车子。汤姆叹了口气，真是好险。

然后他想道，乔丝找到工作是很好，不过必须每天叫她起床，对他而言，那可不是一份闲差。他前几天在考听写的时候学到了另一个词，老师曾要求他们查字典，意思是：某件并不轻松的工作……正好是个现在可以用上的词。

33
荨麻

回到家的时候,汤姆发现乔丝正在写作业,就连把头从笔记本上抬起来一下都没有。他要再度离开前稍微犹豫了一下。

"我要去转一圈。"

"嗯。"

意思就是说:是啦,滚吧。你明明知道我正在用功。这是他第一次看到她那么专注,她在工作上一定是发生什么事了,也许是有人指出她所犯的拼字错误,惹到她了。她早就碰到过这种事情,不过从来没有激励她到这个程度,也不曾持续很久。在此同时,汤姆跨上脚踏车,然后迅速开溜。要赶在她改变主意之前闪人,要不然她就会想起预计今天要跟他一起进行的那堂技工课。

玛德莲在等他,她很想跟人说话,有好多事情要讲。首先,她睡得很好,好得像个皇后似的,觉得自己得到了充分的休息。她非常高兴,发现她家变得好干净,气味很好闻,不管是她的宠物也好、还是她的床也好。但是，她的床垫或许真的有必要换掉了，床垫凹凹凸凸的地方刚好就落在腰部的位置，不过不管怎么说，她还是很喜欢这张床垫。她算了一算，她用这张床垫睡觉已经超过三十五年了。

"结实，坚不可摧，有点像我这样，嘎。"

她说这话的时候笑了出来。

汤姆协助她一路走到院子里，花了很久，她每走三步就得要停下来喘喘气。她是痊愈了，不过也许还没有很彻底，他心想。他把她安顿在菜园旁边的一张椅子上，等她恢复过来之后，她看了看汤姆完成的所有工作，觉得这样很好。她用拐杖指给他看，哪些地方必须要摘心、哪里有徒长枝、哪些杂草必须拔掉，而又有哪些应该留着拿来做菜。蒲公英可以拿来做色拉，这点理所当然；而车前草、繁缕，尤其是酢浆草，她则很喜欢用来做成蔬菜泥，或是焗烤。她觉得那些插在根部的宝特瓶，看起来在浇水的时候非常实用，这样应该能少糟蹋一点水，而且还真有趣呢，不过现在的人啊，他们的点子比从前的人要多得多了……她的目光变得有点朦胧，然后突然就睡着了，下巴抵着手杖的圆柄。汤姆自己去找了一本漫画来看，他利用这个空当竟然也读了大半本。

然后她又突然睁开了眼睛，而且还接着刚才话没说完的地方，继续把话说下去。

"荨麻堆肥呢？你有准备荨麻堆肥吗？"

"呃，没有。"

"一定要准备，尤其是要为那些番茄准备。荨麻堆肥会让番茄长得很好，又能预防植物病害。去把手套拿来，孩子。"

他采下一些荨麻，拿了几枝过去给玛德莲，玛德莲徒手接下了那些荨麻。她把最嫩的叶子摘了下来，留起来煮汤，然后用剩下的荨麻来摩搓自己的双腿。

"这样有助于血液循环。"

汤姆看着她那样做，惊讶得瞪大了眼睛。她甚至没有做出任何怪表情，也没有往手指头上吹气，这点很令他刮目相看。

话说回来，这么做大概真的让她觉得比较舒服，因为她回屋去的时候，走路就比较顺了，比刚才快上了两倍。

一路上，她告诉他说：在她那个时代，做父母的往往会用荨麻鞭打孩子的小腿，作为体罚孩子的方式。之后，他们看起来就好像得了舞蹈症似的，那些可怜的孩子！他觉得这样很恶劣，随后他心想，尽管乔丝有时候很爱打人，可是她永远不会对他做出那么恶劣的事。

玛德莲问他要不要跟她一起吃点东西，她打算把玛德莲蛋糕泡在牛奶里吃，当作晚餐，他觉得自己还是婉拒这个邀请比较好。

34
补胎贴片

汤姆站在校车站牌旁,望着他的脚踏车,样子非常烦恼。就在此时,山米开着他那辆灵车经过,他猛然踩下煞车,按了三声喇叭。

"嗨,汤姆。你到哪里去了?我找你找了三天啊。我有东西要给你。"

他从口袋里拿出了一张对折又对折的钞票,伸手递给他。

"这是什么?"

"一份密函。是钱啦,还会是什么。喏,拿去吧,这是给你的。"

"给我的?"

"对,我告诉你,就是那天在墓园遇到的那些人。葬礼过后,他们给了我一些小费。有时候会有这种事。不过那次,有一位女士给了我这张钞票,指名是要给你的,她觉得你非常可爱,希望我去买个礼物送你,不过我心想,让你自己去挑礼物会更好。"

汤姆觉得不好意思，所以犹豫着。山米坚持要他收下。

"你知道自己想买什么吗？"

"不知道……"

"你要我载你去店里吗？"

"不，不。不需要那么做。"

最后，山米还是载上了他，因为无论如何，汤姆的脚踏车轮胎漏气了，而且他已经没有补胎贴片可以用来修理了。山米在脚踏车店前面停下来，让汤姆去买补胎用的贴片，然后又把他送到超市门口。十分钟之后，汤姆提着装满的袋子走出来，山米很想知道袋子里有什么东西，不过却忍住了没问。

"谢谢您，先生。"

"不客气。可是我啊，名字是山米。"

"是啦，我知道，可是很难那样称呼您啊。"

"为什么？"

"嗯……您还是有一点老啊，所以……"

山米摆出一副沮丧的样子。

"不是啦，当然不像真正的老人那么老。不过啊，还是有一点……"

"就是父母的年纪啦。"

"对啦，就是这样。"

"啊，说到这个，我那天没问你：你的父亲到哪里去了？"

"我想他死了吧。"

"你想？"

"对啊。是乔丝说的。"

山米寻找着内胎上面的破洞,他把内胎放进水中,找到了,一些小小的气泡冒到水面上来。汤姆拿出他的锉刀和胶水,用贴片补胎是他的专长,这个内胎在此可以证明这一点。破洞被补好了。

于是现在,他们望着河水流过脚下,河水经过的时候抚触着河岸边的岩石,也抚触着他们坐在上面的这块岩石。他们已经有很长一段时间没有交谈了。两人聆听着河床底部的碎石块,石块在流水中互相撞击着,发出叮叮当当的声响,很轻柔地叮当作响,叮……叮……当……当……

然后,山米浮出水面回到现实。

"我的父母亲也一样,他们都死了。"

汤姆抬起头来望着他,想看清楚他脸上的表情。

"那是我坐牢的最后一年。我当时得到许可,出狱一趟,就只为了参加他们的葬礼,那是他们送给我的最后一个礼物。"

"他们不爱您吗?"

"你不想用'你'来称呼我吗?那样会比较亲切哦。"

"好吧,我会试试看。"

"我太令他们失望了。本来还差不多过得去,可是从我失足的那天起,一切就结束了。他们从来没有到监狱来看过我。"

"你觉得很难过吗?"

"一开始的时候会,后来我就习惯了。"

"你做了什么事才会坐牢?"

"持械抢劫,而且……还是累犯。不过那把猎枪里并没有子弹,我总是会先把子弹拿出来。"

"啊,我也是。"

"什么叫做你也是?"

"那把猎枪里的子弹,我把它们……"

山米的手机响了起来,他看到来电显示上出现的名字。

"喂?是啊,还好,你呢?……对啊,好啊……不,你家好了。我还没买床垫……OK,我们咖啡馆见……不,得了。我在工作,我不能跟你聊天。待会见了,劳拉。"

他挂了电话,一副难为情的样子。然后,他把下巴放在曲起的膝盖上头,望着河水流逝。让自己在起身离开之前,再让河水催眠一下,再一下下就好……望着河水顺流而下是那么惬意,洗净了头颅,抚慰了头脑……

汤姆率先站起身来。

"我该走了。"

"我也是。"

"拜拜了,山米。"

"拜拜了,汤姆。跟你聊聊让我感觉好多了,你真是个善良的小朋友,而且你非常懂得聆听,这可是一种天分啊。谁知道,也许可以成为一种职业哦。"

汤姆奔去玛德莲家,把他刚才在超市里买来的东西装满她的冰箱,有肉、有鸡蛋、有鲜奶油,还有牛油,然后他便回家去了。乔丝正在收拾她的笔记本,样子看起来好像对她今天的过法感到很满意。他来到她身后,要她闭上眼睛。她很乐意配合玩这个游戏。他把某样东西放到她的鼻子下面。猜猜看,这是什么……嗯,好香啊……张开嘴……嗯,是巧克力……对,可是不只是这样……啊,对,中间软软的……哦!是覆盆子!覆盆子巧克力……哎呀,你之前说得没错。这玩意儿真是超好吃的……

在吃了六七小块之后,乔丝觉得有一点点恶心。

"对耶,真的不可以吃太多。哎哟,等等。这下好了,我觉得我要吐了。让我过去。快点!"

不过她说这些是开玩笑的。她追在他后面跑,抓住了他,然后他们又叫又笑地在草地上打滚。真是太好玩了。

乔丝最近的心情很好,汤姆觉得很高兴。

35
意大利冰淇淋

这景况只持续了三天。因为她收到了要付的账单,然后她就再也不想开玩笑了。她那份兼职工作的薪水,在付完水费、电费、拖车屋的房租和其余所有开销之后,显然已经没办法让她存钱了。在接下来的那几天,汤姆设法等到她不在的时候才回家,然后在她回到家以前赶快再度出门,不过这方法并不是每次都行得通。然后他察觉到大势已去,尤其是在她要求要看他的成绩单那一天。天大的灾难。第三学期表现平平。汤姆住在另一个星球上,是他该降落的时候了。他是个聪明的孩子,但是太爱做梦……成绩低空飞过,多亏了他前两个学期的好成绩,不过他在暑假期间必须用功读书,以补救不足之处,还有……上个星期五,无正当理由缺席体育课?这点真的是导火线。她想要知道他为什么逃学、去了哪里、跟谁在一起。汤姆不想提到玛德莲,也不想提到他去医院探病的事,于是他稍微兜圈子兜了一会儿,最后终于找到了理由。全部都用单单一个理由连贯到底:因为他的体育老师每次都问他来上课之前有没有吃饭,他当时觉得自己的脸色太过苍白、不太正常,而且还害怕自己会昏倒,所以他那天觉得不太舒服,便宁可不去上课,也就不必去解释说家里没有东西吃了,也没有钱付给学校的食堂。就是这样啦……乔丝沉下了脸。对于这个主题,她无话可说。不过她找起另一个主题,而且她找到了。很容易啊,就用他坏透了的成绩,她让他度过了非常难受的十五分钟,然后他就跑到河边流泪去了,坐在那块大石头上。他待在那里,一直待到他变得比较冷静了,然后他终于看起了脚下流动的水,顺着岩石滑过,摇晃着河床底部的碎石块,互相碰撞,并且叮当作响……轻柔地叮当作响。

然后就没事了。他停止了哭泣。

乔丝找到了另一份工作,也是份兼职。在上午去过那位退休教师老太太家之后,她一个星期有六天下午,要到一间花房去采花,并且把花朵扎成花束。她决定要汤姆一个星期来帮忙两次,其实她并不是真的有权那么做,不过她还是叫汤姆来。她的薪水是按照花束的量来论件计酬,所以两个人一起做会比较有利可图。他们这个星期六就开始了,而且事情进行得很顺利。老板装作什么也没看见,因为他对乔丝有好感。总而言之,就是他很想上她。在离开之前,汤姆把掉落在地上的花捡了起来。老板告诉过他,说他可以这么做。这些花的花茎有点受伤,不过他还是有办法做出小把的花束。他带了一束花给玛德莲,此举让她感到很高兴,而且她还给了他一个点子,就是多做一些花束,然后星期天早上拿到市集上去卖掉。他问了乔丝他可不可以这么做，乔丝答应了。她觉得这样很好，当然好啊，他可以靠他自己想办法赚钱。

生意很好，他最棒的顾客是他的英国邻居夫妇，他们一次就跟他买了四束花。他快要有办法给自己的脚踏车买一个全新的内胎了。

十二点半。市集要结束了。

山米从汤姆的面前经过，却没看见他。他走到稍微远一点的地方，才停下脚步，回过头来，转身往回走。

"你在这里做什么啊？"

"你看到了啊，我在卖花。"

他买下他最后两束花，然后请他喝一杯东西。这是汤姆第一次走进这间咖啡馆。他们在吧台坐了下来。过了一会儿之后，劳拉加入了他们。她问起乔丝的近况，她已经很久没有遇到乔丝了。汤姆很担心，怕她不小心做了蠢事，在山米面前说出乔丝是他的母亲。汤姆用吸管喝着他的薄荷苏打，避着不去看她。她把手插进他的头发中，笑着把他的头发弄乱。她每次都会这么做，这点令他十分恼怒，他每天早上都得在镜子前面花上一段时间，努力把他那一头乱发弄整齐，对他使出这招真是不讨人喜欢。他板着脸，悄悄地重新梳理自己的头发。她在赶时间，要去她的父母家吃午饭。山米把他跟汤姆买来的那两束花送给她，她吻了他然后就走了。

"你饿了吗?"

"有一点。"

"来吧,我请你上馆子吃饭。"

他们在一张餐桌前坐了下来,点了比萨。墙上挂着一张巨幅照片,汤姆看到照片,眼睛睁得大大的。

"那是圣马可广场。"

"真的啊?你认识那个地方?"

"对啊。在我的地理课本上,有张一模一样的照片。我很希望有一天可以去威尼斯,我已经会一点意大利语了:Grazie mille(非常感谢),Per favore(麻烦你),Molto bene(非常好),Buon giorno(日安),La vita è bella。这是一部电影的名称,意思就是'美丽人生'。你看过这部电影吗?"

"没有。"

"我看过,在我邻居的院子里看的。故事是一位爸爸和他年幼的儿子是犯人,因为那是在战争期间,而那个爸爸,他让他儿子以为他们正在进行一场游戏,而且他们必须尽可能得到最多的分数,才能赢得比赛、成为冠军。当他们没吃饭的时候,他们便赢得好多分数,而且情况愈是难以忍受,他们得到的分数就愈多,你懂吗?可是那个小男孩啊,有时候他觉得受够了,于是爸爸就跟他说,他们只差几分就要赢了,小男孩便因此而撑了下去。然后在战争结束,他们就要被释放的时候,有一个纳粹士兵把那个爸爸带到角落里,把他给杀了。"

"妈呀,还真悲伤……"

"对啊,这部电影让我哭了。除此之外,我好想去意大利,因为他们似乎是冰淇淋专家。我啊,我爱死冰淇淋了。"

"啊,哎哟,我也是呢。"

他们吃着各自的比萨。甜点他们点了冰淇淋,老板走过他们身旁,样子非常自豪,挺着个肥大的肚子……我的冰淇淋很好吃吧,啊?山米和汤姆用爱笑的眼神彼此对望,样子像是在说:对啦,不过当然还是没有那边的好吃……

山米把汤姆载到离他家不太远的地方就把他放下来,以免乔丝刚好在附近。他宁可不要遇到她,他一直还没想到该怎么表示歉意,不过他还在继续想。而且,有一点很确定,就是她不会想要知道他跟汤姆变成了朋友。再加上,现在还有跟劳拉在一起的事,情况变得非常复杂。不过他会想出来的,他有这个感觉,不会再拖太久了。

36
那是巴赫的音乐

他深深地叹了一口气,把自己塞进他那张大大的皮质扶手椅中。在他面前,他刚才拍下的照片正在计算机屏幕上连续播放着。正面、侧面、左边、右边、特写照、全身照,诸如此类……他很困惑。

"真可惜,它们很完美……"

"这话的意思是……您不接受?"

"当然不是。可是请您站在我的立场想想,这么做有点算是一种折磨,我的工作比较偏向……增大、提高、美化,您明白吗?"

"不是很明白。"

他的眉毛烦躁地挑了起来,这是他这个人的一项怪癖,通常在他极不赞成一件事的时候就会发作。

"我也一样,我也不是很明白。您所拥有的条件,是大部分的男人,包括我,这点我就不瞒您了,所渴望、所幻想的东西,而您却想要摆脱掉它。这点很令人困惑，如此而已。"

"那么，我们要怎么办？"

"请您去见我的秘书，然后跟她一起选一个对您最方便的日子。我不知道还能说什么了。"

乔丝站起来，拿了包包，伸出手来跟他握手道别。他实在忍不住又加了一句：

"无论如何，还是请您要考虑清楚。"

"这是已经彻底考虑过的决定了。"

她打开会诊室的门，回头给他一个善意的微笑。

"我确定您可以办得到的，请您别担心了。"

他被惹毛了，怪癖又再度在他身上发作。

秘书跟她一起订下了动手术的日期。不过在那之前，秘书先帮她跟麻醉师约了诊，因为他此刻刚好到诊所来，他提议马上就看她。她同意了，这样比较方便，她就不需要再跑一趟。他们走进他的办公室，他放起了音乐……这是巴赫的音乐，您喜欢吗？她不认识巴赫，却说了喜欢，好让自己的样子看起来不至于太蠢。他问了她一大堆关于她健康状况的问题，然后也询问了动这个手术的理由。当然啦，您并不是非回答不可，不过我喜欢跟我的病人建立起一些连结，您了解吗？他的声音很轻柔，他的眼神具有安抚人的效果，音乐非常美妙，她便豁出去了。少了那种不断被人批判的恶劣感觉，于是她便开始对他娓娓道来。要从她十岁的时候说起。当时她看到自己的胸部长大、又长大……在非常短的时间内,而在那之后,她的月经就来潮了,把她吓坏了。她把这件事告诉了她的母亲,不过母亲却大笑起来。她总是喝很多的酒,而且牙齿全都蛀坏了,让她看起来一副凶恶的样子,有点像个巫婆,您明白吗?然后,跟继父的相处,情况也有所改变。他开始用很诡异的方式看着她,想要触碰她。他派她去地窖,又在楼梯间堵住她,挨在她身上磨蹭,不过他从来没有插入她体内,只是其余的倒也都做了……用不着跟您巨细靡遗描述。十一岁的时候,她逃家了,不过警察抓到了她,他们把她送回家去,没有过问任何问题。不久后,她的母亲就死于肝硬化,当然如此啦。然后她就被安置到寄养家庭。一开始情况很好,那位太太很和善,不过那个丈夫啊,跟她那个继父是同一个调调,眼里只有她的胸部……她大笑起来……那句话的谐音就像:上帝只为了他的圣徒……蠢归蠢,这句话却总是令我发笑,对不起……好,她又回到了收容所。然后在她十三岁的时候,她翘头了。当时,她遇到了一位比她年长几岁的男孩,她觉得他人很好,尤其是他有车。她心想他可以把她带到很远的地方,离那儿好几千公里之外,可是却并非如此。他跟别人一样,把焦点放在同样的东西上,就这样而已。她太晚才明白到这一点。那是她第一次真的做了那件事,然后她就怀孕了。啪哒!第一次就中奖。后来,就有点一直是同样的故事,不值得花工夫说……就这样了。不过也许在动过手术之后,哪天有人爱上她,就会是只为了她这个人了,对不对?不管怎么样,反正是值得一试啰。

她用手抚过自己的脸,还有头发,仿佛是为了驱赶会紧紧黏在那里的回忆还是印象似的。然后她又说：

"这个'把哈'的音乐真美，我好喜欢。"

他把 CD 送给了她，并且陪她走到诊所门口。他握了她的手，并且直直望着她的眼睛说：

"很快就再见了，小姐。"

37
丹，我亲爱的孩子

汤姆把玛德莲安顿在手推车上，用一些抱枕靠垫帮她调整好姿势。她走路有点困难，走路会让她太过疲惫，现在这样，他就可以很轻易带着她散步，而且她也可以监督他所做的一切，告诉他园艺工作该怎么做。在两回合的迷你午觉之间，她用手杖指着：右舷有一只蛞蝓……不要走那边，可怜的倒霉鬼！你就要把那正在努力发芽的欧芹给踩扁了……那里，有一根徒长枝……他现在知道，他可以把番茄植株上的徒长枝，浸在插枝繁殖用的生长激素中，然后再种在土里，就会长出新的植株。用上这个技巧，番茄植株的数量已经比一开始时多了三倍，根本不需要去邻居家偷了。现在番茄植株算起来总共有四十几棵，最早熟的植株上，已经长出一些绿色的小番茄了。汤姆非常兴奋，这是他的第一个菜园，他花很多时间观看所有的植物生长。玛德莲试着让他冷静下来说："我们永远也无法幸免于一场暴风雨或是一场霜霉病的袭击！"不过汤姆并不在乎，眼下没有暴风雨的踪影，而且荨麻肥料又让植物病害与蚜虫不敢来犯；再加上，他比较喜欢做梦。至于玛德莲呢，她则是一直保持务实的态度，她已经想到要准备瓶罐了。如果一切顺利，未来就当然得要制作保存食物，要为冬季作准备。酱汁、普罗旺斯杂烩蔬菜、番茄浆……她把酱念成"浆"，让汤姆觉得很好笑。

汤姆把手推车停放在旧鸡舍的门口，玛德莲用手杖指向鸡舍里面。

"你去最里面看看……就在最里面那边，装在纸箱里头。"

他拿出了一大堆玻璃罐，全都脏兮兮的，满是老鼠屎。然后，想当然地，她要他把玻璃罐清洗干净，还真不是他最喜欢干的活儿。更何况，他觉得还有充裕的时间可以做这件事，番茄都还没成熟呢。不过玛德莲很喜欢下命令。

"等时候到了，你会感谢我的。到时候你要干的重活里头，就会少掉这件事了。相信我，孩子。这个老太婆啊，她对这种事可是很清楚的。"

汤姆读着一本漫画书，书名是《魔术师曼追客》，他具有强大的催眠特异功能。玛德莲从她这天的第六回午睡中醒过来，她望着他，抚摸着他的脸颊。

"丹……"

汤姆抬起双眼。

"找回了你的书，你很高兴吧，亲爱的？"

他点点头。

"你为什么不再来看我了？你忘记我了吗？"

汤姆很担心，就像每次这种状况发生的时候那样。她在这种时候，样子看起来像是在很远的地方，非常遥远。他很害怕她会回不来，怕她再也找不到回来的路。

"可是我有啊，玛德莲，我经常过来啊。"

"不要叫我玛德莲，不……不要连你也……"

汤姆不敢再有任何动作。她很用力闭上眼睛，仿佛正在忍受着痛苦，不过这个状况并没有持续很久，她的呼吸又恢复规律。她睡着了，他叹了口气。

他回到屋内，环顾四周，打开一个抽屉，里面装满了一段段的绳子、软木塞、橡皮筋。他把抽屉关上，打开旁边的抽屉，犹豫了一下，拿起身份证明文件，慢慢翻到背面。照片上的人就是她，尽管过了这么多年还是看得出来，她并没有改变很多。他读着身份证上的内容，来到名字这一栏，他停了下来。上面写的名字并不是玛德莲，他关上抽屉，回去她身旁坐下，继续阅读那本他刚才丢下的漫画书。

现在他知道了，他觉得比较安心，足以应付下次她又回到过去转一圈的时候，回到她还不叫玛德莲的时候，而且当时她也许还有一个儿子，一个爱看漫画的儿子。

38
不得了的午餐

　　阿奇鲍与欧黛特必须准备午餐。他们邀请了雷蒙，就是那位老治疗师，还有他的太太米妮来作客。他们有点紧张，因为他们两个都不擅烹饪。欧黛特是很会做巧克力蛋糕，可是要做其他料理，她还是有点捉襟见肘。在吃了好多年的冷冻食品之后，要转换到炉台上做菜，并不是件容易的事。至于阿奇鲍呢，那就根本连讲都不必讲了，他的才能啊，简单来说就只有调鸡尾酒、弄马铃薯泥，还有刨胡萝卜丝。对于这些项目之外的领域，他就一穷二白了。于是他们今天早上赶紧跑去书店，书店老板是一位好心的先生，大致上给了一些不错的建议。他热情地向他们推荐一本食谱，作者来自于他情有独钟的地区。他在讲到这里的时候，嘴角带着一丝微笑。现在，他们想起来了……而且他们心想，自己早该小心的。不过不管怎么样，他们已经把书买了下来。他们回到家之后，才发现自己买的是什么东西，而这东西有点让他们吓了一跳。首先是看到作者的照片，然后是作者的食谱，不管怎么说，这些食谱看起来……跟作者的长相倒是挺符合的……《玛莉萝丝的荒野食谱大典》。那么，照片上的人就是玛莉萝丝了，一位非常、非常、非常壮硕的女人，微笑的时候只露出两颗门牙，显然那也是她仅剩的牙。看到这里，就已经令他们背脊发凉了。

接下来是那些食谱，嗯。老鼠肉酱、红酒洋葱狐狸、栗子烩毒蛇……喔，您听听这个，阿奇，榛果面衣炸松鼠球，情人晚餐特选菜色。准备步骤有点难搞……欧黛特吓到了。

现在是上午十一点，客人十二点钟就要来了。阿奇鲍调制了鸡尾酒，目的是为了让他们两人能够冷静思考。鸡尾酒很有效，才喝下肚，他们马上就一边笑一边翻阅这本书，被那些照片逗得哈哈大笑，觉得一切都是那么无与伦比、不同凡响。真有趣。充满异国情调。啊，这些青蛙法国佬①，讲到吃的时候，是多么富有想象力啊。不过时间不等人，为了今天的午餐，他们必须找到一个解决的办法。阿奇鲍突然灵光一闪，就把那些不得了的冷冻食品从冷冻柜里拿出一份来就好啦，这些冷冻食品是当年他们初来乍到时，为了以防万一所留下来的……几乎快要一年了，您记得吗？对，不过还是可以吃的，欧黛特。您千万不需要担心。放进微波炉里加热三分钟，然后就……宾果！做好了！您说的对，我们得救了。

他们喝了第二杯酒来庆祝这个好主意。欧黛特叹了口气，在

---

① "青蛙法国佬"（froggie）一词是英国人对法国人的戏称，起源众说纷纭，虽然阿奇鲍和欧黛特这么说没有恶意，不过有些法国人对这个称呼会感到不快。

沙发上坐立难安。

"您在这杯鸡尾酒里加了什么啊，阿奇？"

"加了一点姜。"

"啊，是喔，对我产生了好大的效果。"

"距离我们客人抵达的时间还有二十五分钟，您知道吗？"

"好主意。"

他们爬上楼到卧房去，手里还拿着酒杯。

二十分钟后，阿奇鲍完全准备好了。冲过澡，穿好衣服，梳好头。完美无瑕。他拿出冷冻食品，发现保存期限老早就过了。没有时间犹豫了，他向欧黛特呼救，欧黛特拿起电话簿，拨了离家最近那家餐厅的电话：我想要预约一张桌子。我们共四个人。一个小时内？太完美了……阿奇，您一定不会相信我要说的话，我刚刚预约那家餐厅的主厨啊……他是个澳洲人！究竟是什么原因，竟然能让他离开他的灌木丛呢？一定是爱情。真是浪漫啊……总之，他的烹饪很有可能跟玛莉萝丝那本《荒野食谱大典》里面的菜色一样惊人，您不觉得吗？袋鼠、鸵鸟，诸如此类的，我看是这样。

这顿饭确实是一场冒险。基本上，在往后的二十年中，他们依然会说起这顿饭，述说的时候，眼睛像星星一样闪闪发亮。说到他们度过的这段绝妙时光，跟一些很精彩的人一起度过的时光，而且他们在这顿饭中，还吃了些非凡的菜肴。这顿饭为他们开启了新疆界，现在他们什么都愿意尝试，甚至连玛莉萝丝那本荒野食谱也一样,就是为了长点见识,不要到死了都还像个白痴。主要是食材找起来可能会造成一些问题:狐狸、老鼠、刺猬……于是他们转而尝试一道对他们而言,材料比较容易取得的菜色,用虫料理的菜色。

虫很好抓,而且在他们院子里就有一大堆。

他们读着食谱。

蚯蚓色拉

(非常清淡,适合小鸟胃口的人。)

一、用铲子在院子里挖几个洞。只选用最肥硕的蚯蚓,因为蚯蚓烹调后会缩水得很严重。把蚯蚓放入清水中吐沙,直到它们把肚子里所有泥沙都拉光为止。差不多要花上一天一夜,除非是遇到有便秘问题的蚯蚓!

二、色拉菜的选择上,请使用蒲公英叶。对于老人和所有牙齿不好的人(我认识的就有一大票),有一点建议:请细细切碎。这样味道比较好,咀嚼起来也比较没那么累人。

三、用红葱头与切碎的野蒜制作油醋酱汁。用少许醋,您家里有哪种醋就用哪种醋,油也一样。(我自己呢,很喜欢橄榄油。不过我的莫莫,他就偏爱胡桃油。我有胡桃油的时候就会用,不过并不是每次都用。因为他一旦养成习惯,他以后就会一直要,而我说呢:休想。)

四、在加了盐的滚水中汆烫活蚯蚓,把它们煮熟。一等到蚯蚓浮到水面上,便捞起沥干。

五、如果您喜欢吃口香糖，可以就此打住，就这样淋上油醋酱汁食用。当然啦，还可以加上第八点建议。否则，请您跟我继续做下去。

六、在煎锅里放入一小球牛油。可以加入一朵金莲花或是一朵蒲公英花（请参看书末的可食用花朵列表）来增加香气，这样既好看又好吃。不过请留意：不要使用从花店买来的花，那里的花受到污染毒害。

七、把烫好的蚯蚓丢入热锅里。为了避免蚯蚓粘锅，请握住锅柄来回摆动。一旦蚯蚓开始变成金黄色，就像培根肉丁那样放在色拉上。加胡椒粉调味，淋上油醋酱汁，然后品尝。

八、请喝上一大杯冰凉的白葡萄酒。

那条第八点建议，阿奇鲍与欧黛特遵行了好几次。在执行这道食谱过程的前、中、后都有照做，于是当他们完成这一道菜的时候，两人已经颇有醉意了。这点已经是一大成就。然后，他们品尝了这道菜，而且还觉得这道菜棒极了。不过这是非常主观的意见，他们决定下回要在比较清醒的状态下再做一次，然后才能把这道蚯蚓色拉放入下次宴客的菜单中。

39
柯梅尔西的玛德莲蛋糕

山米累坏了。他决定打起转弯的方向灯,开上通往休息站的出口车道。他把灵车停在距离门口不远处,站在咖啡自动贩卖机前,在口袋里摸索着零钱,却只找到一张纸钞。为了换零钱,他朝柜台走去,顺便看了看陈列出来的各式特产。在不超过二米见方的空间里,就可以环法一周,逛遍诸多区域:康布雷的薄荷糖、艾克斯的杏仁糕、勒皮的小扁豆、埃斯佩莱特的辣椒、蒙特利马尔的牛轧糖、蒙特莫里隆的马卡龙、尼永的橄榄、柯梅尔西的玛德莲蛋糕……他停下脚步,摸了摸那包蛋糕。这里的玛德莲蛋糕看起来很可口,不像那天那位老太太的玛德莲蛋糕,是她从医院里其他病友的餐盘上偷来的。那位女士真好玩。玛德莲,名字就跟这些可以吃的玛德莲蛋糕一样。他拿起那包蛋糕,付了钱,灌下一杯咖啡。他并不想混太久,路还长得很,他必须在一大清早就赶到目的地,好让皮耶罗在泪眼汪汪的家属抵达之前,能有时间整理一下这位客户。他在合上箱子之前有看过他,样子不太好看。不过皮耶罗啊，他是个专家，他做这行做了好多年，能给遗体做一番处理，修补他们的仪容，帮他们化妆，让他们变得比较好闻。好让他们在腐化之前，能够最后一次供人瞻仰，甚至让人亲吻。然后他会为他们拍照，就是那些尸体。彻底疯了，这个家伙。尽管如此……他看过那些照片，还觉得照片看起来挺不赖的，好像颇具艺术感。不过对于此刻躺在灵车后面的这位男孩子而言，皮耶罗要费很大的工夫去整理他的面貌了。他撞上了一辆大卡车。

这天夜晚，山米有点忧郁，不过他不想放任自己忧郁。他要打开收音机，这样会对他有所帮助。他还有四个小时的路要赶，而且太多胡思乱想，对他来说并不是好事。

一等到山米抵达，皮耶罗便立刻开始工作，而他又再一次展现奇迹，他把残肢碎块都黏了回去。那个男孩被推出工作室的时候，看起来几乎可以说是栩栩如生，不过皮耶罗在色彩的使用上却是下了重手，这是他目前的癖好。脸颊上的粉红色太粉红了，唇上的红色太红了，眉毛的线条则是太黑了，特别是这里这一位，原本是个有红棕色头发的人……不过他重新赋予了他人类的形貌，而这点才是最要紧的。在家属来探视的时候，山米跟老板阿诺，两人在那里窃窃私语，谈论到假使这类工作存在着什么奖项，那一定会归他所得。最佳尸体防腐专家的金棕榈奖颁发给——皮耶罗！他们不得不赶紧转过身去，才能在不引人注意的情况下扑哧一笑。山米的老板人很好，他真的是运气好才会遇到阿诺。尽管这份工作啊，他并没有想要做很久。

在监狱里，他通过考试，得到了一张水管工的专业技能合格证书，而这份工作并非真的属于同一个类别。等到他存下一点钱，他会试着自己开业。就目前而言，他在这里感觉很好，他很满足。让自己对某件事情有点用处，特别是不必再孤孤单单的。当他从牢里出来的时候，最难熬的，真的就是这件事了。发现自己一个人孤零零的。妈的，这点让他觉得很好笑。在牢房里，他们永远都是两个人，有时候甚至还是三个人。永远都有人在。常常会遇到一些笨蛋，不过偶尔也有一些亲切的家伙。在放风散步时、在淋浴间、工作室里，总是到处都有人。刚开始，他最不能忍受的还正是这点，这点让他快疯了，然后，长期这样下来，这点变成了他生活的一部分。于是他在出狱后，面临到很大的冲击。再也没有任何人了，没有父母、没有伙伴、没有女友，什么都没有。全然的孤独。而且连住的地方也没了，当然还要再加上钱也没了。他大可像别人那样，在酒吧里钓马子，有好多女孩子疯狂迷恋流氓，尤其是一些富家女，这么做让她们有快感。不过在这方面他有障碍，十年来都靠自己打手枪度过，这样可不能让他变成情圣唐璜，差得远了。更何况他从前的战绩呢，简单说来就是少之又少，就这里那里打了几炮，一点也不辉煌。好吧，他不能再去想这些事了，每次想到这里，就会令他再度沮丧起来。何况现在，事情还算顺利啦……他有一份工作、一个妞，他没什么好抱怨的。的确，在交朋友这方面，他还差一点。他倾向于小心谨慎，不过将来有一天，事情会愈来愈平顺的，问题就只在于时间了。目前他有办法聊天的对象,只有小汤姆,跟一个十一岁的孩子聊,这点说起来还挺不可思议的!不过这样已经很不错了。跟劳拉嘛,就只是纯粹的肉体关系,而且他在这方面有那么多落后的进度要填补,所以就目前来说,他根本不在乎他们之间能够交流什么,除了彼此的体液之外就没别的了。就是这样。还好啦。只有一件事不好,就是当他想到父母时,那股微微的心痛,而且这点,真的令他很不好受。因为无论如何,木已成舟,永远也没有办法可以回头了,所以啊,想这个有什么用呢……

他把灵车停在前庭,屋子的门户大开,而那只老狗则在门廊的台阶上睡觉,没听见他过来的声音。山米敲着窗户的玻璃,没有人响应。他跨过那只狗,把头探进了门内,屋子里没有人。他绕行一圈。在菜园里,他看见玛德莲坐在手推车上,用她的拐杖指向前方,同时还在跟番茄说话。她也许在试着把番茄变红?乍看之下,真的会给人这种印象。山米走向她,她皱起眉头,看着他走过来。

"我给您带来了一些玛德莲蛋糕,玛德莲女士。现在已经不是紫丁香的季节了,不过我知道您还是会很喜欢这个。"

"您太客气了,年轻人。我啊,我也很喜欢布莱尔[①]的歌,不过您是哪位啊?"

[①] 这里指的是比利时歌手贾克·布莱尔(Jacques Brel, 1929—1978)。布莱尔有一首歌叫做《玛德莲》,歌词唱道:"今晚我等待着玛德莲,我带来了一些紫丁香花";他还有一首歌叫做《糖果》,歌词第一句就是"我给您带来了一些糖果"。山米对玛德莲说的话便是以这两首歌为典故。

"那天，是我把您从医院给载回来的啊，那辆接驳车……"

"啊，对耶。我想起来了。"

汤姆的头从番茄植株当中冒出来，他望着山米，一副目瞪口呆的样子。

"唉……你怎么知道我在这里？"

"唉……我不知道啊。"

"那么，你到这里来要做什么？"

"我带了玛德莲蛋糕来给玛德莲女士，就这样啊。你呢？"

"你看到了啊，我在帮她照顾菜园。"

"那学校呢？"

"我在放假，反正大家也没在做什么有意思的事了。喂，你看见这些番茄了！你愿意的话可以尝尝味道，这些番茄超好吃的。"

山米吃了一颗番茄，然后赞叹不已。汤姆和玛德莲高兴极了，他们称过了头一次收成的重量，总共是六公斤，汤姆陶醉在满足感中，于是做了决定，要把种番茄当成他的职业：番茄达人汤姆[①]！这个说法让他们都笑了。他们也采收了栉瓜与洋葱，然后玛德莲觉得有点累了，山米便把她一路抱回屋子里。她把几粒玛德莲蛋糕浸泡在一碗牛奶中，吃光之后就去睡觉了。

于是汤姆和山米踮着脚尖离开了，不过根本不必那么做，她已经睡得很沉了。

---

① 法文中称种番茄的人为 tomatier，前缀正好是汤姆的名字。

在回去的路上，山米又说起了学校。他说不去上学是一件蠢事，就以他自己来说，他很后悔，要是他当初更用功一点，就不会处在今天这个位置了……总之，也许真会如此。不过后面这句，他就留在自己心里没说了。汤姆有点不高兴，然后他抱怨：我妈她也说一样的话。说完他才发现自己说溜了嘴，不过山米并没有听见。总之，他并没有任何反应。

山米停好灵车，把脚踏车和两箱蔬菜搬了下来，汤姆则走进了拖车屋。屋里有一张字条：我今晚不回家。工作太多。亲亲。最近乔丝常常这样，晚上不回家。都要怪她的老板让她加班，做免于纳税的额外时段。她在说这句话的时候，嘻嘻哈哈笑着，汤姆并没有听懂，不过当时他也没敢追问她。总之，她不在家让他感到失望，他很想看看她在面对他的收获时，脸上会是什么表情。

他在凳子上搭起一块很大的板子，拿出了瓦斯炉、一个脸盆，还有一只大汤锅。为了要让番茄的皮更好剥，他把番茄泡在滚水中，就像玛德莲教过他的那样。然后他摊开那张纸，他之前在纸上写下了他想要做的酱汁食谱。到了午夜，他终于做完了，而且也累坏了，他把所有东西都留在原地就去睡觉了。

汤姆做了三大罐酱汁，而且在罐子的标签上，他写下

汤姆番茄多酱汁（Tomatomato）
意大利面用，不过用在别的东西上也很美味。

40
漂亮的罐子

时间是早上七点,汤姆穿过邻居家的树篱,身后拖着一个袋子。亚哈船长坐在几米远之处,看着他进来,一如往常地眉头深锁。汤姆站起身来,冲着它微笑,想要哄它开心。这是他头一次不害怕这只猫。他轻轻把手伸向前,抚摸它的头,这只猫任他摆布了三秒钟半,然后就走开了。汤姆走进菜园,紧紧抓住他的袋子,好让罐子不会互相碰撞出声。时间还很早,阿奇鲍还有欧黛特一定都还没起床。汤姆选定了三棵番茄植株,轻手轻脚地在植物的根旁挖起土来,然后种下了他带来的那些玻璃罐。他退后几步,看了看这么做所造成的效果。真漂亮,他很满意。他准备离开,在经过那些覆盆子的时候,他停下来,吃了几粒覆盆子,不过他却无法控制自己,采了一大堆。一阵声响让他吓了一大跳,他赶快躲到树篱的阴影下。阿奇鲍从距离他几米远的地方走过去,推着手推车,而且还用口哨吹着一首英国小调儿。他停下脚步,开始替小径除起草来,这下子可能要弄很久了。汤姆一边等,一边吃着覆盆子,他昨晚没有睡足,于是眼皮变得很沉重。一个小时之后,他醒过来,觉得有点呼吸困难,因为亚哈船长睡在他的胸膛上,它的眉头还是一样深锁着,不过汤姆现在这样贴近看它,才发现原来是它毛色的条纹给了它那副生气的样子。搞半天,这只猫可是很和善的啊。阿奇鲍现在来到了种番茄的角落,然后他整个人定住了。

"Good Lord!(老天爷啊!)"

他犹豫了片刻。试图忆起昨晚他去睡觉的时候是处于什么状态,他在自己喝下的最后一杯鸡尾酒里面放了什么,他是不是抽了什么东西……不是每天都可以看到菜园里长出玻璃罐来的。遇到这种事的时候,人有权对自己提出一些问题。他呼唤欧黛特,要她把照相机拿过来。可以肯定的是,这张照片会用来作为他们那本相簿的封面:在乡间度过的第一年与其他冒险活动 by 阿奇鲍与欧黛特,那是一定要的。

无论如何,今天中午,他们会吃意大利面,用"汤姆番茄多"来料理。

然后他们两个觉得,这个点子让他们感动极了。

41
苹果树下的破咪

玛德莲在哭泣。破咪蜷成一团睡在篮子里,傻汪在旁边用鼻子推着它,像是想要叫醒它。不过它没有醒过来,结束了,它再也不会回来了。汤姆在一棵苹果树下挖洞,到处都有错乱纠结的树根,他很怕弄断树根,然后让这棵树也死翘翘,那样玛德莲就会更伤心了。同时失去她的猫和苹果树,这对她来说,实在太难以承受。于是他非常小心。等到他觉得洞够深了,他就去把那个鞋盒拿了过来,他把死去的猫儿放进了鞋盒里头。他试着把鞋盒放进洞里,可是洞还不够大,他得再多挖一会儿。他在挖洞这件事上已经花了两个小时,他开始觉得受够了。傻汪躺在旁边,看着他做他的事,汤姆觉得它的样子看起来很悲伤,它什么都没有吃,而且再也不想睡在那个篮子里了。它和破咪,它们一起生活了那么长的时间,它一定很想念它。

现在洞穴的大小可以了。他去把玛德莲找来,她想要参与这场葬礼,她说这是她养的最后一只猫,还说为它这么做是应该的。她不停哭泣，汤姆紧抓着她的手臂，协助她行走。他很想安慰她，不过这种事具有传染性，于是他也一样，就像《圣经》里抹大拉的马利亚①那样哭个不停。他刻意搬来一张椅子，让她在椅子上坐好，接着就把鞋盒放进洞里，把土覆盖在上面。他滚来一块大石头，好标明位置，然后他又把玛德莲送回屋子里，她也是从昨天开始就没吃东西了，汤姆很担心，他为她准备了她最喜欢的一道菜：浸在牛奶里的玛德莲蛋糕，不过她却不想吃，他感到很难过。她跟他说他可以离开了，说她此刻比较想一个人独处。因为今天刚好是汤姆要帮乔丝采花的日子，而且他不可以迟到，他便决定先离开，然后晚上再过来。她告诉他说不用了，说她独自一个人也可以混得很好。好了，现在你走吧……他摸摸玛德莲的头，吻了她的额头，她对他露出淡淡的微笑。他爬上脚踏车，然后带着一颗有点沉重的心，离开这个家。

玛德莲依然很消沉，两眼湿湿的，眼泪还挂在鼻尖。孤单一个人，陪伴她的只有睡在她脚边的傻汪，与他们的巨大悲伤。

明天会比较好，对吧？我可怜的老东西。不管怎么说，那只猫啊，还真是个坏家伙。就这样把我们丢下，毫无预警，什么都没有……你看着好了，等到我们跟它相会的时候，我们要把它打一顿，这样才对。我们会让它后悔的……什么啊？你不同意？不可以那样做的，什么话也没说就走了，连一句招呼都不打，一点

---

① 玛德莲（Madeleine）这个名字来自于 Magdalene，因《圣经》中的人物抹大拉的马利亚（Saint Mary Magdalene）而广为流传。

礼貌也没有。而且，它跟我们在一起已经有多少时间了，啊？至少有十九年还是二十年了吧。那你呢？好吧，也许没么久，的确……好了，你别再哀哀叫了，那样让我的耳朵很难受，现在给我安静下来。这下子都结束了，咱们去睡觉，然后明天这件事就会烟消云散。你听见我跟你说的话了？我们会忘记那只被虫蛀得破破烂烂的猫，那只再也没有任何用处的猫。它甚至连老鼠都抓不到了，还到处乱尿尿……你等着看吧，我的胖傻汪。就跟其余的东西一样，转上小小三圈，然后就走啰。这就是人生啊，人生就像这样。我们对它可是一点办法也没有。

42
乔丝的钱存够了

"我们的运气好,因为这里没有玫瑰。玫瑰那么多刺,你想想一天下来会怎么样?我们的手指头会血淋淋的。"

"啊,对呀,这倒是真的……"

"还有,你看,老板他人很好。因为正常来说,你是不应该待在这里的。你看到其他人了,他们可没有别人来帮忙啊。"

"嗯……"

"啊,就他很喜欢我啊,所以才能这样。"

乔丝切着花,然后汤姆把花堆放在一台推车上,在放上去之前先把花扎成十朵一束的花束。他们的速度比别的采收人员要快上两倍,行伍中,大家都有点在摆脸色给他们看。

"我们才不在乎呢。反正啊,很快就结束了。"

"为什么?快要没有花了吗?"

"不是,是我啦。我要停工一阵子。"

"啊。所以说,你的钱存够了?"

"对啊。"

汤姆整个人站直了,她皱起眉头,他又继续他的工作。

"所以你要出发了?"

"对。"

"什么时候?"

"下个星期。"

"会去很久吗?"

"不,不会太久。"

汤姆没办法克制自己不让眼泪流下来。

"如果你太害怕独自一个人待在拖车屋里的话,到时候你去同学家睡就好啦。"

"我比较希望能跟你在一起。"

"那样不行啦,你在想什么啊!我啊,又不是去度假,我是要去让自己被人宰割的呀。他们拿走我的一些部分,再把我缝合起来,就好像在缝补旧袜子那样,把我缝补回去,你会想待在那里看吗?疯了。"

"可是我害怕你到时候不回来了……"

她耸了耸肩。

"可怜的小坏蛋,我当然会回来啊,要不然你以为我无论如何都会去吗?"

汤姆捡起落在地上的花,放进一个大袋子里。乔丝问过她的老板男友,他同意让汤姆继续来这里捡花,就算她以后不再来这里工作时也一样。反正,这些花最后也是会被丢进垃圾桶。明天是星期天，是市集的日子，汤姆想要做出很多花束，然后卖掉愈多愈好。他想要为他的母亲买一件洋装，他看到过一件非常漂亮的洋装，就在以马忤斯协会①那边，她动完手术之后就可以穿。因为目前，这件洋装对她来说还是太紧了。然后还要买袜套给玛德莲，因为她总是觉得脚很冷，就连夏天也一样。万一他还能剩下一些钱，他就会找个什么东西给他自己。不过如果他有办法赚够钱，买前面说的那两样东西的话，就已经很不错了。

---

① 以马忤斯协会（Emmaüs）为皮耶神父在法国创办的一个扶贫互助协会，在某些聚点会举办贩卖二手物资的市集来帮助穷人。

43
二十束花

汤姆一大早就起床出发前往市场,带着二十束花。他有一点点担心,二十束花,很多啊,而且天气又很热,这些花有可能会枯萎。他打开用来运送花束的纸箱,好让花儿透透气。他在喷泉那边,用几个塑料袋装满冰凉的水,再把花朵浸在装水的塑料袋里。哎呀好险,这样还行得通,花儿又重新挺立起来。

将近十点的时候,他已经卖掉了一半的花束,他开始觉得肚子饿了。他跑到面包店去给自己买些小泡芙,在排队的时候,刚好排在一个女孩子后面。她的年纪应该跟他差不多大,她转过头来看他,对他微笑。他感到难为情,低下头,看着自己的脚。她买了点面包,然后也同样买了一些泡芙。等到他从店里出来的时候,他看到她正把面包收进脚踏车的帆布袋里。他回到他的花束摊子那里。

那个女孩从他面前经过,停了下来。

"这些花真漂亮,对吧?"

"是啊。"

"我可以坐下来吗?"

"如果你想的话。"

"这些花束是你做的吗?"

"对。"

"挺不错的。"

他们把手伸进各自的袋子里,吃了几颗泡芙。

"我的名字叫做克拉拉。"

"汤姆。"

"你是来这附近度假的吗?"

"嗯。"

"我也是。来梅莉家,她是我的祖母。你呢?"

"玛德莲家,是我的曾祖母……总之,差不多算是……"

"啊,是吗,那么也是收养的那种啰?跟我一样!"

"对啦,正是如此。"

"好,我该走了。改天见了?"

"好的。"

他还剩下十束花要卖,在两个小时之内要卖完,等于是一个小时要卖五束。应该可以办得到,那对用"您"彼此称呼的邻居还没有经过,他们应该不会太晚出现。确实,他们来了,而且一下子就向他买了四束花。汤姆很高兴,他面带微笑看着他们,他们不知道昨天把那些玻璃罐种在他们家番茄植株根旁的人就是他,这点让他占了优势,他遗憾的只是没办法问他们是否喜欢他的烹调配方。可惜,他永远不会知道。在付钱的时候,阿奇鲍掀开外衣一边的下摆好寻找零钱。汤姆看见他的T恤上沾着橘红色的污渍,然后阿奇鲍弯身向他靠过来,带着一副懊恼的样子,悄悄说:

"我热爱意大利面热爱到了难以置信的地步,不过我的吃相有点像只猪,您看看。"

汤姆睁大眼睛,惊讶得张口结舌。

欧黛特露出微笑,然后他们两个便离开了,还挥手跟他说再见。

真的是无话可说,他被逮个正着哇。

接近十一点半的时候,山米来了,他买下最后两束花。然后汤姆就出发,去买那双他为玛德莲相中的夏朗德拖鞋,那个商人给了他一个很大的折扣。这种里面夹着厚厚羊毛的拖鞋,可不是一件容易在夏天卖出去的商品。汤姆看了看时间,还好,以马忤斯协会的商店开到中午。山米提议陪他一起去,但汤姆宁可自己一个人去,不过因为山米很坚持,所以他最后便接受了。那件洋装还在,比他原本记得的样子还要漂亮。山米也觉得这件洋装很不错,不过要给乔丝穿的话,可能太紧了点,你不觉得吗?汤姆假装没听见,然后去付了钱。他还剩下一点点钱,不过商店现在都打烊了,他下次再看看要给自己买什么。

山米请他上馆子吃饭,他们点了比萨,他说自己跟劳拉已经吹了。汤姆抬起眼睛,好端详他脸上的表情,他的样子一点也不难过。他们吃了起来，在两口食物之间，山米含糊地说到，劳拉在离开之前恰巧告诉了他一件事，一件跟汤姆有关的事，就是汤姆和乔丝的事。汤姆焦虑等待着下文，不过山米说不要担心，反正他早就在怀疑了，得要真的非常、非常蠢，才会不明白乔丝就是他妈妈。汤姆瞪着自己盘子里的食物。山米说：他也一样，他也会跟人家说一些五四三的，好让人家不要来烦他。他说他不怪汤姆，还说毕竟他了解乔丝，说如果自己是她，一定也会做一样的事。汤姆看着他，山米的样子看起来很真诚。他松了一口气，又吃了一块比萨。

不过现在既然讲开了这件事，山米便不想就此打住。他一直等到冰淇淋送上桌，然后才提出了那个纠缠他心头好一阵子的问题：汤姆的出生年月日，是什么时候？汤姆很自然地把生日跟他说了，甚至还跟他解释，说他早产了一个月，而且很可能就是因为这样，他才会长得这么矮小。总之，乔丝是这么认为啦。山米笑了起来，他从椅子上站起来，亲吻汤姆两边的脸颊，又再度坐回去。他说，他实在太高兴了，高兴到他好想哭，而且他也确实哭了，不过他哭的同时也在微笑。

汤姆不太明白这是怎么回事，他还是觉得山米有一点点神经兮兮的。

有一点疯疯癫癫的。

简单说，就是秀逗秀逗。

不过除此之外，这个家伙人非常好，可惜乔丝不喜欢他。

吃完午餐之后，他们去了玛德莲家，她打开给她的礼物。

"你快过来让我亲一下,我的亲亲小男孩。"

她用衣袖擦了擦眼睛,还有挂在她鼻尖上的那滴泪珠。她想要试穿一下她的新拖鞋,她转向山米,要他伸出胳膊来搀扶她,并且帮助她行走。

"您啊,您已经过来看过我了,是吧?"

"上次的那些玛德莲蛋糕……"

"啊,真的哟!非常、非常好吃。您是不是可以记得下次再带一些给我呢?那样就太好了,我好喜欢那个蛋糕啊。"

她露出笑容,然后给他倒了一小杯甜烧酒,她把自己那杯一饮而尽。汤姆心想她已经从悲伤中恢复了过来,不过也许是因为她已经不记得她的猫了。傻汪也一样,它现在安安静静地在篮子里睡觉,仿佛破咪从来没有存在过似的。他觉得这样很奇怪,不过倒也有个好处,这样无论是玛德莲还是傻汪,都不再打算放任自己日益萎靡下去,这样就已经不错了。

山米带玛德莲去绕着屋子走一圈。

而汤姆则很低调地在破咪的坟上放了一朵花,这是一种方式,为了告诉它:他呀,他可没有忘记它。

44
启程

汤姆看着乔丝准备自己的个人用品。她坐立不安、到处乱晃，话说个不停，完全处于过度兴奋的状态。她告诉他，自己最多一个星期就会回来，叫他不要担心，她会待在一个朋友家。因为啊，说来运气真好！她朋友家就在她要去的地方对面，而且她朋友也邀请她过去住，这样真的太好了，不是吗？

"我可以打电话给你吗？"

"可以啊，你等等，我把电话号码记在某个地方。"

她在包包里搜寻着，把包包整个翻过来倒在桌上，里头的东西堆成了一座山：一些纸片、零钱、整个黏成一团的糖果、一支唇笔、一个手电筒钥匙圈、几支断掉的铅笔、一盒迷你卫生棉条、一小包纸手帕、一管阿司匹林、她的身份证件、几根火柴……好吧。不管怎么样，反正现在不是时候，她不想为了一些蠢东西而让自己心烦意乱。首先，她必须把自己的行李收拾好。

在关上行李箱之前，汤姆把自己为她准备的礼物交给了她。

她看到礼物，非常惊讶。他很不好意思，于是告诉她，他比较希望她晚一点再打开礼物，等到动完手术之后。

好了。她准备妥当了。

"啊，靠，我忘记找那个电话号码了。你听着，我现在没时间了。不过我会打电话到劳拉家留言，我们两个有好一阵子没说话了，不过那个家伙啊，她应该要帮我这个忙的，你只要经过美发沙龙的时候进去问她就可以了。还有，我给你留了一点钱在黑盒子里，以防万一，不过你不会需要那些钱的，对吧？你现在手头很宽裕啊，有了你从市集上赚来的那些钱！"

他马马虎虎地微笑了一下。她捏着他的两颊，亲吻他，在他的脖子上呵痒。

"我的亲亲小汤姆……"

他紧紧拥抱她。

"等我回来的时候，你会认不出我来了，也许你甚至会不爱我了……"

他耸耸肩，忍住了没有哭。她把行李绑在轻型机车的行李架上。

"妈妈，我一直想告诉你一件事。山米，你知道的，就是那个你跟他闹翻的朋友……他知道你是我的妈妈了。"

"是劳拉告诉他的吗？"

"我不知道。"

"可是你……你跟他讲了？"

"对。讲了一点……"

"那他有没有问起你的出生年月日？"

"为什么要讲这个？"

"他问过你没有？"

"嗯。"

"然后你也告诉他了？"

"对啊。"

"真精明啊。好吧……这件事本来就是总有一天会发生的。我要闪了，我快要错过火车了。"

她戴上安全帽，发动轻型机车的引擎，加速，排气管冒起烟来。然后她在扬长而去的时候喊着：

"你到时候代我告诉你爸爸，说他是个……"

汤姆没听见最后面的话尾，他也不确定自己确实听懂了其余的部分。

不过事实上，他是懂了。

他留在原地好一会儿都没有动，望着空荡荡的马路，排气管排出来的烟已经看不见了，引擎的噪声也听不见了，一切全都灰飞烟灭。

现在，他必须做的，是把那些碎片重新黏合起来。

45
您醒醒

"乔丝琳，您醒醒，手术结束了。"

麻醉师细滑的声音，好像在轻抚她的耳朵，还有那巴赫的轻柔音乐，就在那里，作为最深层的背景音乐，想必他又买了同样那张 CD。他做得很对，真的很美，那些小提琴协奏曲。她还不想睁开眼睛，现在还不要，只为了想听见那个声音对她说话，温柔呼唤她，稍微恳求她一下……

"乔丝琳……"

已经很久没有人这样叫过她了，甚至可能从来没有人这样叫过她，这个名字只存在于她的身份证明文件上，她以后要请求大家，别再用乔丝琳以外的名字叫她了，这个名字柔美悦耳，尾音稍微拉得有一点点长，是一个真正属于女生的名字……

"您醒醒，乔丝琳小姐……"

她很想试着睁开眼睛，不过她害怕那样他就不会继续说话了，于是她拖延这一刻，再过一会儿吧……

"一切都很顺利,您听见我在说话吗?"

"嗯……"

"好。您慢慢来,我待会儿再回来。"

"不……请继续跟我说话……拜托您……"

他的手轻抚过她的手臂。在他移动的时候,一阵凉凉的空气扫过她的皮肤。好了,他走了,只有巴赫的音乐还留在这里,她任由自己被音乐带着走。

一个小时过后,乔丝完全清醒了。她看着绷带,她的胸膛看起来非常窄小,好像一个孩子的胸膛,就好像她才十岁、胸部还没开始发育那个时候的胸膛。那位外科医师在敲门的同时便打开门进来,在他身后跟着一大群医师助理。

"好,嗯,我希望您现在满意了。我照您对我提出的要求,给您做了一对荷包蛋。"

她露出微笑,他则笑不出来。

"我们几天后再见了。在那之前,活动量不要太大,什么东西都不要提,总之动得愈少愈好。我就这么指望您了。"

他用跟他走进来时一样快的速度又走了出去。乔丝闭上眼睛,想让自己再度睡着,好能够再度醒过来,然后再一次惊讶地发现自己并不是在做梦。她终于可以照她所决定的方式过日子,再也不必忍受愚蠢的命运了。她昏昏欲睡。然后她想到了汤姆,一股柔情满溢她的心头,此时此刻,她想要把他紧紧抱在怀里,她的小汤姆,个子小小的汤姆。她伸手想要去拿放在床头小桌上的包包，好看一看他的照片，然而痛楚却猛然让她停住了手。痛楚是如此剧烈，让她的眼睛涌入了泪水，一位护士小姐在这个时候走了进来。

"哎呀，怎么啦，我亲爱的小姐？"

"我觉得好痛。"

"您别担心，我去找您需要的东西。"

护士轻轻抚摸她的手，对她露出和善的微笑，这样就已经让乔丝觉得好多了。她望着护士离开，开始做白日梦，梦想着她未来的职业。等到那个时候，她也会穿上一件白色的罩衫，或者是粉红色的罩衫？或者是蓝色的罩衫？其中也许有什么区别……她一定要记得问问看。现在，她会开始比以前更加认真读书，当然会很困难，会让她吃很多苦头，不过她是真的很想做好这件事。

她睡着的时候，对自己许下了这个承诺。

46
儿歌

汤姆在菜园里采收了好几公斤的番茄,他们要开始把番茄装罐了。玛德莲非常兴奋,她坐在手推车里头指挥着,手上拿着手杖发号施令:那里,那些特别的番茄,梨形、心形、椒形的;黑色、黄色、绿色、红色的……放在那个篮子里。小心啊,可怜的倒霉鬼!你要把我们的番茄弄伤了……然后这个篮子里,放进那些最普通的、丑的、软趴趴的……就是要被送进锅子里的番茄。

现在,她无论如何都要帮助他给番茄去皮。汤姆把她安顿在前庭,把所有材料放在她可以拿得到的地方,刀子、筛子、盆子、大汤锅。他们讨论着烹调的配方,看看怎么让配方变得更好。汤姆提议放进栉瓜,他们的栉瓜也实在太多了,这样会是个消化掉栉瓜的好方法,她也赞成这么做。

"然后还有大蒜和洋葱。"

"还有墨角兰。"

"啊,对,那个很香。乔丝她也很喜欢。"

"还有一汤匙的糖。"

"或者用一点蜂蜜,可不可以啊?"

"可以啊,你说得对。我们来试试看。"

山米在下午的时候来到这里。他提早下了班,因为今天没有任何事情要做,没有丧礼要准备,也没有尸体等着人去接,所以他过来帮他们的忙。汤姆看向他的眼神有一点点飘忽。两个小时过后,他们把罐子都装满了,并且开始做灭菌处理。玛德莲嚷嚷着要那瓶甜烧酒,倒了一杯给山米,她借机给自己来上一小杯,一饮而尽。然后她闭上眼睛,开始唱起歌来。她用她那颤抖而又十分嘶哑的声音唱着歌。山米和汤姆稍稍嘲弄了一下。这首歌的内容他们一个字也听不懂,而他们也这么告诉了玛德莲。玛德莲睁开眼睛,生气了。她告诉他们说,他们一点也听不懂是很正常的,因为这是一首外国歌!不过她会把内容讲给他们听。娜妮卡去采收包心菜的叶子,把菜叶放进篮子里,可是贝皮切走过来撞翻了一切。于是她要他为他的作为付出代价……要他付出代价……玛德莲歪着头,伸着手指头威胁着……

　　　　Ty, ty, ty(你、你、你)

　　　　Ty, ty, ty(你、你、你)

　　　　Ty to musish platiti(你要为此付出代价)[①]

[①] 玛德莲所唱的歌其实是一首捷克童谣。

山米和汤姆一动也没动，一路听她把歌唱到底。等到她唱完，她睁开眼睛，面带微笑看着他们。回想起往事让她觉得好多了，一首她小时候的歌，当时她就是汤姆这么大的年纪，那时候的她也不高，没高过三颗马铃薯。她又看见她的妈妈歪着头，伸着食指威胁着：Ty, ty, ty……Ty, ty, ty……Ty to musish platiti……玛德莲自得其乐地模仿着，同时也流着泪。山米和汤姆不敢打断她这些超过八十年的老早回忆，他们搞不太清楚是怎么回事。这里头有一些外国话，正如她说的那样，不过是哪一种语言呢？他们一点概念也没有。这情况并没有持续很久，她累坏了，然后就像她现在愈来愈常发生的那样，一下子就睡着了。

47
海啸

汤姆与山米保持沉默了好一会儿,他们对于落入单独相处的状态,都感到有点激动,不太晓得该说些什么,再加上山米还不知道汤姆已经知道了。

于是汤姆决定先开口。

"妈妈走了。"

"啊?"

"去动手术。"

"她生病了?"

"没有,不是因为生病,是为了别的事情。不过她希望我不要讲那件事,甚至连跟你都不要讲。"

"连跟我都不要讲?"

"不要告诉任何人,甚至不要告诉我的父亲。她走的时候说的话差不多就是这样,大概吧。"

"啊。"

山米花了几秒钟收拾好自己,试着驾驭这股把他从头撼动到脚的海啸。

"好,可以,那么我们就不要讲那件事吧,亲爱的汤姆。"

他把手伸进汤姆的头发中,笑着把他的头发弄乱。这么做惹恼了汤姆,他每天早上必须在镜子前面花上好一段时间才有办法降伏他那一头乱发……真奇怪,这些大人全都有这种怪癖。但愿他快快长大,他啊,到时候就不会这么做,因为他很确定自己会永远记得那样有多么令人讨厌。

汤姆打电话去美发沙龙,劳拉接了电话。对,乔丝今天早上有打电话来,然后留下了可以找到她的电话,她念出来让他记下,然后问了他几个问题,一副若无其事的样子:问他此刻在做什么……问他一个人会不会无聊……问他最近几天有没有看见山米……讲到这里,他含糊咕哝了一声有,于是她便问他是否碰巧……他有没有跟他讲了一件有点重要的事,一件关于乔丝的事……汤姆回答:没有,完全没有。于是她说:啊,然后又说:好吧。好像很失望的样子。汤姆挂了电话,他也觉得她有点糟糕,不过他什么也没说,才不会惹恼山米。他又拿起电话。

"请问,我可不可以跟乔丝说话?"

他听见有人叫唤:乔丝琳!电话!

"喂,是我啦。"

"都还好吗,汤姆?"

"还好,还好。你呢?你会痛吗?"

"不太痛。"

"那么你满意吗?"

"满意。"

"那……你看到你的礼物了吗?"

"我现在就穿在身上,尺寸是对的。"

"我好想看看你……"

"太远了。而且,反正我下星期就回来了……"

汤姆捂住嘴,好更不惹人注意地讲话。

"山米说他可以载我过去,如果你同意的话。"

"我们再看看吧,你跟他说了我那天告诉你的事了?"

"稍微说了一点点……"

"他对你怎么样?"

"和善。"

"非常?"

"对。"

她轻轻哭了起来。

"哦,妈妈,你为什么哭了?"

"没事……我怕你会爱他胜过于爱我,如此而已。"

"胡说八道!"

她擤了擤鼻子。

"我只能跟你说到这里,我朋友要打电话了。亲亲,我亲爱的汤姆。"

"亲亲,妈妈。"

汤姆回头走向山米，把他的手机还给他。

"我告诉她说，你同意明天载我去看她。"

"啊，OK……嗯，那么，我就去想办法搞定我老板。"

玛德莲吓了一跳惊醒过来，然后开始大喊：罐子！罐子！不靠任何人帮忙，她站起身来，很快走向屋子，熄灭了洗衣盆下的火。

"谁都靠不住，总是这个样子。你说可不是吗，亲爱的傻汪？哎呀呀，那个孩子说得对，这个名字很适合你呢。你变胖啦，可怜的老家伙……犯不着生气。好啦，来吧，我们两个来说说话。过来这里……它真是聋得厉害啊，我跟它说话，而我说的话它却一点也没听见。我这是干吗呢……"

她走出来到门廊上。

"好了，男孩们！你们来帮我好吗？还有事要做呢。你们以为自己是在度假还是怎样？"

汤姆和山米惊讶地望着她。

她还是有两下子的，这位玛德莲老太太。

很确定的是，老太太不会明天就撒手而去。

48
确认

山米建议汤姆来住他家，一直住到乔丝回来。汤姆回答说，他要考虑一下。不过就今天晚上而言，他是同意的。他前一天夜里做了噩梦，所以他一点也不想单独待在拖车屋里。他一到山米家，就参观了整间公寓，把什么都试了一遍：电灯开关、门把、水龙头、马桶座圈……特别是进出房子的大门，真正用木头做成的门，有一道真正的锁，他很喜欢。他觉得公寓那么空很奇怪，然后他想道：在监狱的牢房里应该就是像这个样子，不过他什么也没跟山米说。

他睡在那张大床上，而山米则拿出了他的旧睡袋，在客厅里打地铺。第二天早上，山米早早就起了床，好去见他的老板。这天并没有预定要做的工作，不过当然啦，无论什么时候都可能会有工作冒出来。在葬仪社上班，永远也不可能躲掉突如其来的紧急召唤，阿诺大笑着这么说。山米提议说，他整天都会保持联络，不管什么时候都会随传随到，于是阿诺便答应了。山米整理好灵车，把装了他的黑西装外套、黑领带与白衬衫的袋子挂在车子后面，然后就回家去接汤姆。汤姆正在淋浴，而且还在浴室里待了挺长的时间。

"这水超舒服，刚刚好就是最舒服的温度，不像在拖车屋那样。"

在公路上，他们在某个休息站停下来。山米利用机会买了柯梅尔西的玛德莲蛋糕给玛德莲，而汤姆则买了一包草莓软糖，不为别人，就给他自己。

汤姆按了电铃，乔丝琳来开门，她穿着汤姆送给她的那件洋装，完全没有料到此时此刻就会见到他，所以她有一点点僵硬。汤姆走到她身旁，却不敢碰她。他不知道该把手放在哪里，他不想冒险弄痛她。她吻了他的额头。

"我的亲亲小汤姆……"

然后就像她每次温柔跟他说话时那样，他觉得他的喉咙打了结。

"你是怎么来这里的？"

"是山米载我来的。"

"啊，是哦。"

"他待在楼下。"

"好主意。反正我并没有想要见他。"

"我知道啊，妈妈。没关系的。"

一个钟头过后，她自己决定是时候了。她想要尽这份努力，就五分钟,不会更久,怎么说也是为了汤姆啊。而且,也可以趁这个机会,看看她新的胸围尺寸在一个男人身上会造成什么效果。她有点怯场,这是首次亮相。她把自己关在浴室里,给自己又梳了梳头,捏了捏脸颊,理了理身上的洋装,然后她非常缓慢地转了一圈,好看看自己的侧影,直起背脊,挺起胸部,她忍住没有发出呻吟。现在挺胸还太早了。她想告诉汤姆说她改变主意了,说她不想见任何人,尤其是山米,不过她想起刚才汤姆脸上的表情,他会很失望的。她又再次看了看镜子里的自己,这次是看正面,然后就出发了。

汤姆跑在前面,她则慢慢走着,小心留意脚下踩的每一步,在山米面前停下来,并没有对他伸出手。

"嗨,山谬尔。"

他看起来并不惊讶。

"嗨,乔丝琳。"

她轻轻笑了。

他们走到一个有阳伞遮阴的露天咖啡座坐下来,三个人都沉默了一会儿。

不过乔丝琳忍不住了,她越过自己的杯子望向山米。

"所以呢?你觉得怎么样?"

他先朝汤姆望了一眼,才回答:

"超适合你。"

"我说的不是这件洋装!"

"讲到这个,这下子我还真有点不好意思。我看得出来很显然是有什么地方改变了,可是到底是什么啊?这件洋装?你的眼睛?我觉得你眼睛的颜色好像跟以前不一样了。要不然也许是因为我以前从来没有看过你的眼睛?不过我会觉得你看起来跟以前不一样,也有可能是因为……现在有这个孩子在了?我不知道啦,很难分得清楚。"

乔丝琳耸了耸肩,她痛得龇牙咧嘴,要做耸肩这个动作,现在也太早了。她吻了汤姆,捏了捏他的脸颊,呵他脖子的痒。然后她小心翼翼站起来,小步小步离开,样子有点像个老太婆。

49
遭小偷

汤姆最后决定整个星期都要与玛德莲待在一起。她非常疲倦，而且很难下床活动，这个样子很令他担心，不敢留她一个人独处。他害怕会像第一次那样，发现她躺在她种的包心菜之间。山米同意了。他帮他把一些杂物收拾好，并且架设了一张床，然后他还在浴室做了点水管维修工作，换掉了淋浴间的水龙头，并且装了一个冷热水恒温开关，附有一个安全定温装置，把温度定在摄氏三十八度。汤姆试用过了，水不多不少，刚好就在最舒服的温度。他觉得这东西棒呆了。

第二天傍晚，山米载他到拖车屋去拿东西。不过当他们抵达的时候，拖车屋的门户大开，所有东西都被翻了出来，丢在地上，受到践踏，被人撕毁，衣服、学校的笔记本、书籍，所有的东西……汤姆蜷缩在山米的怀里。这是他头一次这么做，于是山米把他抱得很紧，因为他突然发现自己变成了一位爸爸，而且这点还令他激动得不得了。他们最后走到拖车屋外，好能更冷静思索事情。门被弄破了，不管是谁都可以进去。他们必须把所有的东西都搬走，于是山米去找来了一些纸箱，然后他们把灵车塞得满满的。在出发之前，汤姆爬进了拖车屋的底盘下，拿走黑盒子。他们决定先不要通知乔丝这里发生的事，反正她不久后就会知道了。到了玛德莲家后，他们把纸箱堆放在那间旧鸡舍里，然后汤姆借此机会把那个装满漫画书的箱子指给山米看，山米脸上的表情有点惊讶，这东西让他觉得有点似曾相识的熟悉感，但是他又不太晓得是怎么回事……

这天晚上，山米留下来待到很晚，而汤姆则哭了很久。玛德莲明白一定是发生了什么事，她坚持他们跟她说清楚。她从床上爬起来，把汤姆抱在怀里，哼唱着一首儿歌安抚他。然后她告诉他说，她自己也经历过一样的事，有一天，人家把她的一切全都偷走了。不过不要哭啊，小男孩，你会为了微不足道的事情把自己的眼睛哭坏的。像她，她这辈子就是像那个抹大拉的马利亚一样爱哭，而这么做给她带来的，就只有一双被泪水洗到褪色的眼睛，和一个蛋糕的名字！你倒是说说看这划不划算……不过现在，她倒是可以永远停止哭泣了，因为她终于碰到了他们，她这两个好乖好和善的孙子……

在说这些话的时候，她的眼泪滚落下脸颊，不过她却丝毫没有发觉，因为她非常认真地在微笑。

汤姆和山米对看了一眼。可怜的婆婆，她一定又跑到另一个世界去了。她应该是没有找到回来的路。

50
乔丝承受打击

她再过两天就要回家了,是到了让她有心理准备的时候了。

于是汤姆打电话给乔丝,跟她讲了遭小偷的事。他告诉她:他跟山米已经把拖车屋里剩下的东西收好了,而且还把所有东西都存放到一位朋友的祖母家去了。听到这里,山米皱起了眉头,然后他比手势表示他想要跟她说话:等等,我把电话转给山米,他有事要跟你说……山米提议说,万一她找不到其他的解决办法,他就把自己的公寓借给她住几天。她爆出大笑,然后很清楚明白地嘀咕着说:真不可思议,他以为他是谁啊,这家伙……他没有坚持,他只是觉得,这个女生显然真的很蠢,然后他就挂断了。而且他什么话也没告诉汤姆。

两天后,她打电话来问她可不可以过来拿钥匙,情况很紧急。

他赶紧回家打扫,把窗户大开,用拖把到处拖了一遍,把马桶洗了好几遍,以确保马桶干净到闪闪发亮,装上新的卷筒卫生纸，换过床单，把垃圾拿到楼下丢掉。他才刚刚来得及再爬上楼，把自己的东西乱七八糟丢进一个袋子里，门铃便响了起来。她把公寓参观了一圈，也把什么都试了一遍：电灯开关、抽水马桶、门把、淋浴间的水温恒温装置，她觉得一切都非常好。房租有点贵吧，不会吗？他表示同意，不过在他出狱之后，他没什么立场好讲价的。现在，他想找个比较大的地方，好给自己弄间工作室，可以修修弄弄，施展一下……而且可以让汤姆也能拥有自己的房间……

讲到这里，她沉下了脸。

"还不用那么急吧。"

"没错。反正，我也还没有足够的钱。"

然后很快地，他跟她提议：来杯茶？果汁？啤酒？她接受了啤酒，而且她还哭成了泪人儿，山米把原因归咎于遭小偷那件事。她并没有说他猜错了，她完全不想说一个小时之前发生了什么事，当她突然现身她男友家门口，也就是那个花房老板的家时，感觉真是糟透了，好像背上被人插了一把刀……当时他告诉她：少了她的胸部，他对她可就一点也不感兴趣了。

很难承受的打击。

真是个浑蛋。显然，她过去一直都在收集浑蛋。

不过她会恢复过来的。

在跟她解释过房子的用法之后，山米便把钥匙交给了她。她问起汤姆什么时候会到，他说他明天一早去上班之前会把他送过来。

山米一直走到了门外的踏脚垫上，才听见她低声呢喃了一句什么，听起来依稀好像是——谢谢。他才刚转过身，门就在他眼前关上了。

"不客气，乔——"

砰！

"——丝琳。"

这么做有点唐突。

不过他们之间的关系已经有些许进步了。

51
玛德莲的一生

这件事花了他一点时间，不过汤姆已经有办法把所有的片段统统串起来了，于是他把她的故事概略地说给山米听。

"她所有家人在她的祖国都死了，在波西米亚，我想她是这么说的。于是她后来便逃走了。她一直往前走，走了好几个星期，完全不知道她是往哪里去，因为她是那么悲伤。一天夜里，她越过了边界，然后来到这里。不过她还是得躲躲藏藏的，因为有纳粹。她真的受够了孤零零一个人，不能跟任何人说话，而且还不停地哭泣。有一天，一只狗走向了她的藏身之处，狗没有吠叫，只是舔了舔她的手，然后这只狗就变成了她的朋友。那只狗的主人是一位在这一带放牧羊群的牧羊人，过了一阵子之后，牧羊人发现她一直跟在羊群后头，以为她是来这里监视他的，于是把她拖进了林子里要杀掉她。不过最后，他看出了她是个好人，于是便改变了主意。然后，他恋爱了。他的名字叫做安德烈，他当时二十五岁，而她也一样，就像妈妈现在的年纪。他为她在森林里建造了一间小木屋，每天都会来看她，为她带吃的东西过来，送她花，并且教她法文。他想在战争结束后跟她结婚。这样的日子持续了好几个月，然后有一天，他便再也没有回来了。她后来得知他被枪毙了，因为他曾经帮助过一些人穿越边境。她肚子里怀着宝宝，再一次发现自己又落得孤零零的下场。夜里，为了找东西吃，她走向农庄，偷取她有办法在菜园里偷得到的东西。很有趣，对不对？跟我一样啊。然后，她就生产了。你明白吗，山米？她一个人孤零零在森林里生孩子。然后她在冰冷的河水中把那个宝宝洗干净，用树叶擦干，用栗子树枝给他做了一个摇篮，里面放入苔藓当做床垫，然后每天都用榛树的叶子给他编织一条新的被子，好让被子够柔软舒适。不过当冬天来临之后，她害怕宝宝会冻死，于是她在一间农庄求得工作，好能睡在谷仓里遮风避雨，农庄的主人答应了。三天之后，士兵来了，农庄的女主人发誓说那个宝宝是她自己的孩子，于是他们把玛德莲送去了一个关囚犯的集中营，她在很远的地方关了很久，两年吧，我想。战争结束后，她回来了。她寻找了很久，终于找到了那个农庄，不过那位农庄女主人不想把她的宝宝还给她。就是在那个时候，她真的开始像抹大拉的马利亚那样哭个不停，于是玛德莲变成了她的名字。过了很久以后，终于还是有了判决下来，让他们把她的儿子还给了她，不过却已经太迟了，她的儿子爱那位农庄女主人就好像她是自己的亲生妈妈似的。等到他长大之后，他就离开了，然后她便再也没有见过他了。就是这样。这就是玛德莲跟我讲的故事。"

"他妈的还真悲伤！喔，对不起……"

"没关系，妈妈说话也是这个样子。"

山米喝干了他的咖啡。

"她有说他叫什么名字吗，她那个儿子？"

"有，名字叫做丹。"

"啊。"

他清了清喉咙，才继续说："跟我父亲一样，还真奇怪啊。"

他们两个人都望向天空。天气很好，有几只燕子在飞翔，飞得很高。地平线上没有一朵云。

"那你呢，你哪天会告诉我监狱是什么样子吗，爸爸？"

"嗯……好啊，儿子。"

52
意大利之旅

阿诺打来一通电话。

"山米,我有一个好消息和一个坏消息。我先从坏消息开始讲。有一个可怜的老人,原本就是我们的客户,他在意大利北部的公路上傻乎乎地把自己的命给丢了。然后现在要讲好消息:你出发去接他!幸运的家伙!喔——唆——类米——唷……斯达——安风跌——阿——跌……喔——唆——类米——唷……①"

山米按了自己家的门铃,乔丝开了门。他问她汤姆在不在家,她回答说汤姆去拿花了。他看了看四周,她给窗户装上了窗帘,墙壁上也贴了一些图画,很明显要比之前温馨多了。他把这点观察告诉她,她耸了耸肩,喊了一声"哎哟!现在这么做还太早"。然后她从冰箱里找出了一瓶啤酒,仅剩的最后一瓶。我们分着喝,好吗?好。

---

① 阿诺唱的是非常有名的那不勒斯歌曲《我的太阳》(*O sole mio*),只是唱法太夸张了。这两句歌词的意思是:"我的太阳,你的脸庞绽放光芒。"

他们保持沉默了片刻，然后他问她课业复习得怎么样。她回答说难是很难，不过她还有一年才要参加高中会考，而她认为可以办得到。他觉得这么做很有勇气。出现了第二段沉默，比起第一段沉默要来得更长久。然后他怯生生跟她讲起了意大利之旅，还有他想带孩子去的念头，她拉长了脸，他告诉她就只有三天……她想要考虑一下，然后她突然站起来，神经兮兮冲进房间，他听见她在翻找东西。这情形持续了好一会儿，终于，传出了一声叹息，然后她回来了，手上拿着汤姆的护照。呼！好险！没问题了。

山米便离开了。

他遇到了回家的汤姆，手里抱着一个装满花的大号垃圾袋。他向他宣布了这个消息，于是汤姆扑到了他的怀里。

不过很快，汤姆便提出了那个问题。

"那玛德莲怎么办？"

山米咬了咬嘴唇。他之前没有想到这件事。放她孤零零一个人那么久，确实不是个好主意。他们有到明晚之前的时间，用来想出一个解决的办法，不过可别以为这很简单，要在这么短的时间内想出办法，还挺困难的。他们分道扬镳，两人都挺失望的。肯定的啊。

第二天早上，在市集上。

汤姆很早就到了，带着他做好的二十束花。接近十点钟的时候，他手上的花只剩下六束了。而他的最佳顾客，也就是阿奇鲍与欧黛特,却一直都还没有过来。他不希望错过他们,他事先预备好了一份礼物要送给他们。新版的汤姆番茄多,这次加了一点蜂蜜,于是他留意着那些巷弄。而就在此时,他看见乔丝从他面前经过,没有停下脚步,继续往前走了几米,转过身,然后才循原路走回来。

"你一下子就长大了,我亲爱的小汤姆!我刚刚才注意到这一点。要是你继续长大,我以后就得叫你……我的大汤姆了!那样一点也不搭啊……"

然后她把手插进他的头发中,笑着把他的头发弄乱。他没能躲过。

她在面包店里买了小泡芙,他们两人并肩坐在一起吃泡芙。然后她告诉他说自己一个人很无聊,说她受够了复习功课,还有整天把自己关在屋内。说她很想赶快恢复她的工作,到那位老师老太太家里去,照顾她的花园,给她煮几道小菜,为她读几段言情小说……就是让自己觉得自己有点用处哇。她真的开始想念这些事情了。

一声钟响报出了时间是十点半。

他们两人都抬头看了看天空。天气很好,几只燕子在飞翔,飞得很高。地平线上万里无云。

然后汤姆跟她讲起了玛德莲。

53
如果这些症状持续下去

在路上，乔丝很清楚地说明，如果要她答应照顾那位老太太，无论如何都只会是最低限度的服务。首先，她不能拿重物，所以，要是老太太跌个狗吃屎，她也没办法帮忙把她扶起来。第二点，她被禁止洗碗盘……山米跟汤姆听到这里都克制住自己不要露出笑意……因为，她示范了把手臂往前伸的动作给他们看，然后同时喊了一声哎哟，这样还太早，你们看到了，会拉扯到缝线。然后第三点，这个玛德莲啊，她早在前年就已经认识她，而且当时事情的经过一点都不顺利。她非常讨人厌。汤姆暗示说她很可能变得跟以前不一样了……乔丝说要是那样她才觉得奇怪呢。他开始怀疑这个计划行不行得通。

玛德莲则是抱怨连连。当这两个男生跟她说起意大利之旅的时候，她告诉他们，她很为他们感到高兴，不过有可能等到他们回来时她已经不在了，到时候他们就省了麻烦，而且，反正她早就受够了一切。这情况令他们感到沮丧，于是汤姆跟她解释，说他们只不过离开三天，而且乔丝在这段时间会留下来陪她。她回答说不用了，说她已经自己单枪匹马过了四分之三的人生，她还有她那只傻狗并不需要任何人，现在你们走吧，然后她就躺回去睡觉了，还转身背对着他们。乔丝看了看汤姆，样子像是在说：你看，我说的没错吧。

他们还是出发了。

不过他们也别无选择，乔丝把他们赶出了门外。她突然决定要出手掌控一切。老太太很烦人，好吧，可是却是一个好机会，可以让她练习练习未来她要从事的护士这一行。学会对待病人要有耐心，这正是她所缺乏的东西，还有，专攻老人病学这一块，也不是个坏主意。在这个类别中，可是没什么失业的风险。只消看看四周就会明白这一点，老人啊，到处都有。于是她便从最困难的地方下手，开始分类起所有药品。整整一袋子的药，还有好几张处方笺。要把所有的药都分辨清楚，她遇到很大的困难，尤其是有些药盒子上的名称并没有写在处方笺上，就是一些一般类别的药。不过有个地方不太对，然后她终于搞懂了：玛德莲在剂量上搞错了，她多服了两倍的药量，这点势必对她的身体健康造成了影响。她看了一下说明书，来到了副作用这一栏：嗜睡、忧郁、情绪剧烈起伏、短暂意识丧失、下肢麻痹，诸如此类。如果这些症状持续下去，请停止服药并且告知主治医生。

一到第二天早上，玛德莲就好多了，于是乔丝便没有通知任何人。她找到了原因，就没那个必要了。

玛德莲的腿不再麻痹了，还有她的活力也一样。不用乔丝帮忙，她就有办法走动。乔丝并没有提议让她倚在自己手臂上，因为她不想冒着撕裂伤口的风险。她们一起去菜园里逛了一圈，而乔丝看到那四十株番茄的时候惊讶极了，数量多到足以喂饱一整支军队了。玛德莲表示这些全都是汤姆种的，而且还跟她叙述了他们初次相遇的经过，就是那个不得了的傍晚，她以为自己就要死在那里，一个人孤零零的，躺在自己种的包心菜之间，然后他出现了，这个善良的小男孩，而且他拯救了她⋯⋯乔丝发现了她儿子的双重生活，她以前从来不曾想象过自己原来并非完全全认识他，而这点令她感到有点震撼。

"你为什么难过了起来，我亲爱的乔丝琳？"

"不为什么。我只是害怕我儿子爱您胜过爱我，如此而已。"

她们两个都笑了。

玛德莲很清楚乔丝是在嘲弄她自己的恐惧与忧愁，好避免这些恐惧与忧愁变得太大，大到令她承受不起。然后她心想，在她那个时候，要是懂得这么做，就会对她很有用，她也许就不会哭到把眼睛损伤得那么严重。

除了汤姆送给她的那件洋装之外，乔丝没有任何衣服可以穿。因此玛德莲差她去阁楼找一些布料，就在一个大箱子里，里面是她以前工作时剩下的东西。乔丝挑了她想要的布料，然后她出于好奇，看了看周遭。在一叠旧漫画书上，她发现了一个相框，她把相框翻过来，好看看那张相片。她整个人愣住了好几秒，那是一张山米的相片，就是十二年前，他们初次相遇那个时候的山米，她的心还顺便小小揪了一下。的确，那时候他是挺不错的……她会动心也是正常。不过在下面一点的地方，用白色的墨水写着：丹，十八岁（一九六〇）。

她拿着那块布料走下楼来。

"上面的那张照片是……"

"我已经有好长一段时间没上去看了，记不得上面有什么了。一定是些陈年旧货吧。"

乔丝没再坚持。

然后玛德莲示范给她看怎么使用缝纫机，这台机器已经超过二十年没有转动过了，缝纫机的声响把她带回到遥远的从前，她用袖子擦了擦鼻子。

缝纫。

乔丝裁切好布料，然后说——

路上的男人都不再回头看她了，这点让她觉得很沉重。他们再也不用一副兴味盎然的样子看着她了。

她用大头针把布块组合起来。

就连女人的眼光也改变了。她们不再把她看成潜在的对手，而是把她当做一个跟许多其他女生一样的女生。这有点令人沮丧。

她把线穿过针。

一方面，嗯——喀嚓，她用牙齿把线咬断——她觉得松了一口气。哎，对啊，话说回来，当初还正是为了这个理由，她才会想动手术的。另一方面，她觉得自己好像再也不真正存在了，很难找回自己。

她打了一个结，抬起眼来望向玛德莲，她只是点了点头，如此而已。从来就只拥有过小胸部的她，在这个话题上并不是真的有什么意见。

然后乔丝便开始用缝纫机。

缝好了最后一颗扣子之后，她披上那件白色的罩衫，然后爬到一把椅子上去，好用洗手台上的镜子来看看自己的样子。她还没有开始念书，不过她却已经有制服了，而且她觉得这件制服跟她很相配。玛德莲也这么觉得，她咯咯笑着说："我现在要做的事，就只剩下生病了。"

乔丝皱起了眉头看着她。

"还是不要胡说八道啊，好吗，玛德莲……"

54
哎哟！

那位没有执照的猎人莫莫，在晚一点的时候来了，开着他的车子。

他带来了一只雉鸡，可以直接下锅的那种。当然，他想要知道上次那只野兔好不好吃，可是玛德莲并不记得自己吃过那东西……他把这情况归因于她的年纪大了。他自己啊，每次忘记事情，都是因为喝了太多的酒。每个人都有弱点，他心想。

乔丝问他离开的时候可不可以把她载到城里。他是很愿意，不过还是预先告诉她，他不确定自己能不能把她载回来，首先呢，因为快中午了，他的精神没有大清早时那么好。然后他又有他的小小安排，就是把车停在咖啡馆前面，那是他的专属车位，把钥匙交给老板，付钱喝上他那一回合的酒，然后骑脚踏车离开。必然会骑得歪歪斜斜，不过没有开车那么危险。而且玛莉萝丝，就是他太太，也比较不会那么烦恼。

乔丝说她会找到解决的办法，最糟的状况就是搭便车回来。

她去买了东西，然后在她又经过咖啡馆的时候，她注意到莫莫的精神确实不是太好。于是她便对着经过的第一辆车竖起了大拇指，停下来的是阿奇鲍与欧黛特。乔丝感到很不自在，汤姆好几个月以来都是去他们家的菜园找补给，还没算上他在他们的窗户下方安顿下来的那些夜晚，而且她也一样，都是为了能看看电视，并且吃吃他们储藏室里的苹果……很难相信他们从来没有发现这些事。不过他们什么也没有表现出来，只是问起了她那位和善小男孩的近况……他过得很好，谢谢……他去度假了？对，去了意大利，跟他父亲一起。

当他们抵达的时候，玛德莲坚持要带他们到院子里去逛一圈，然后阿奇鲍在面对那些番茄植株的时候欣喜若狂，就是那些其实本来属于他的番茄植株。玛德莲觉得他们两位都非常亲切，于是她送了一罐自制的罐头给他们。阿奇鲍读到标签上写着：汤姆番茄多。他的眉毛扬了起来，把罐子递给欧黛特，她的反应也是一样低调。在离开之前，玛德莲又把他们留住了一会儿，好跟他们讲解获取种子的方法。

"把几个非常成熟的番茄切成两半，然后放在一个碗里头摆个两三天。取出白色的那层，放进筛子里冲洗到只剩下种子就行了，然后把种子放在盘子里晾干。您了解了吗，阿奇鲍先生？"

"懂了，懂了。真的非常有意思，谢谢。"

等到他们离开之后，玛德莲告诉乔丝说，她觉得那位先生说话的方式非常好笑，她说当她刚来到这里的时候，也有一种奇怪的口音，不过那时候是战争期间，所以必须避免引起别人的注意，她费了很大的工夫才摆脱掉口音。那时候是安德烈，就是她的牧羊人，帮助她做到的。她接着又说她最近常常想到他，就连在夜里也是，在她的梦里，她说这一定是她就快要去与他相会了的迹象……

乔丝耸了耸肩，然后喊了一声"哎哟，当然会这样"。

55
诗人，诗人

男孩们从意大利回来了。

"要是你们在那里，一定也会笑得半死。因为山米啊，他试着讲意大利话的时候，实在是太好笑了……呜呢尬——啡和呜呢巧克拉朵给艾勒班比诺……（一杯咖啡和一杯给孩子的巧克力）他真的以为自己讲得很好呢。那些人啊，他们都笑了，不过他们还是听懂了。然后，我们开了好多公里，而且乡间的风景好美。那些房子啊，你们知道吗，跟这里的完全不一样，屋顶都比较……总之就是不一样啦。还有，我们在两家旅馆过夜，而且在浴室里，每天都有小小瓶的洗发精、沐浴乳和一颗迷你肥皂。山米说过那是给客人的礼物，我就把这些东西都带回来了。你们到时候就知道，好香啊。啊，还有就是……我们还去了好几家餐厅，而且我们每天都吃意大利面。我跟你们发誓，那些面真是特别好吃的。对不对，山米，真的是那样吧？还有那些冰淇淋……我啊，这辈子从来没吃过那么好吃的冰淇淋！"

汤姆在讲起跟他父亲度过的这三天时，眼睛里还有星星在闪闪发亮。他们第一次一起旅行，他也非常高兴与乔丝和玛德莲重逢，而且很高兴她们两个处得很好。原本是毫无胜算的，尤其是乔丝这边。不过她最近改变了好多，而且不只是身体上的改变。玛德莲的样子看起来也好多了，也许这表示她不会马上就死掉，也许甚至可以活到一百岁！蛋糕上插一百支蜡烛，那样实在太好玩了。

山米问玛德莲，如果他清出阁楼的一个角落用来当做自己的房间，会不会打扰到她，乔丝已经跟汤姆搬进了楼下的那间房间。就当自己家一样吧，我亲爱的小男人，玛德莲这么回答着，一面用一只手遮在嘴前，因为她不知道又把她的假牙放到哪里去了。

汤姆决定要让情况顺其自然。他对上了乔丝的目光，她露出微笑，不过却忍住没有笑出来，因为真的，这么做对她的伤口来说太过分了。还有点太早了啦。

在阁楼里。

山米打开了收音机，开始打扫并且把东西分类。一大堆漫画书放得到处都是，真的让他想起了什么，可是到底是什么呢？也许，是他还是小孩子时的事情。他确实想起了他父亲喜欢……可是不对，不可能是这样的。于是他告诉自己，待会儿下楼的时候，最好记得问一下玛德莲，这些漫画书是从哪里来的……

在此之前，他先把所有东西收进了纸箱里。

然后，出现了那首歌。这应该至少是他第一百次听到这首歌了，不过他以前却从来没有注意过歌词。

就在这一刻，他不知道是为了什么原因，他的耳朵张开了。

他直起了身子，然后一动也不动听完了那首歌。

几乎忘了要呼吸。

那首歌讲的是一场轰轰烈烈的初恋，却是以悲剧收场，这恋情让人难过得像死了一千次，然后在很久以后，又从灰烬中重生，变得比原来还要壮大、还要美好。他真的觉得这首歌是在对他唱的，不过最要紧的是歌里用的那些字眼让他起了鸡皮疙瘩。从头到尾，他前臂上的毛都像站卫兵似的竖立着。

这是他第一次有这样的反应。

那首歌结束之后，他再度坐下。他的呼吸，一点一点又恢复了正常。然后他心想，要是他可以选择……他会想要成为一位诗人，他会写下一些当人家读到时，手臂上的汗毛会竖起来的诗。而他就会写下这么样的一首诗给她，给那个就在楼下的女生，在她十三岁的时候，她会爱死了，不可能会有别的结果，而且她也许就会留下来。到时候就知道了……